Leituras Imediatas

JERUSA PIRES FERREIRA

Leituras Imediatas

Ateliê Editorial

Copyright © 2019 Jerusa Pires Ferreira
Direitos reservados e protegidos pela Lei 9.610 de 19.02.1998.
É proibida a reprodução total ou parcial sem autorização, por escrito, da editora.

Dados Internacionais de Catalogação na Publicação (CIP)
(Câmara Brasileira do Livro, SP, Brasil)

Ferreira, Jerusa Pires, 1938-2019
   Leituras Imediatas / Jerusa Pires Ferreira. – Cotia, SP:
Ateliê Editorial, 2019.

   ISBN: 978-85-7480-834-5
   Bibliografia.

   1. Cultura popular – Brasil 2. Literatura de cordel – Brasil
3. Literatura popular – Brasil – História e crítica 4. Poesia
brasileira I. Título.

19-28224   CDD-809

Índices para catálogo sistemático:
1. Brasil: Literatura popular: Ensaios 809

Maria Paula C. Riyuzo – Bibliotecária – CRB-8/7639

Direitos reservados à
ATELIÊ EDITORIAL
Estrada da Aldeia de Carapicuíba, 897
06709-300 – Cotia – SP – Brasil
Tel.: (11) 4702-5915
www.atelie.com.br | contato@atelie.com.br
facebook.com/atelieeditorial | blog.atelie.com.br

Impresso no Brasil   2019
Foi feito o depósito legal

Sumário

Leituras Imediatas: Comunicação e Entendimento 9

UM GRANDE TEXTO

1. A Literatura de Cordel 15

LEITURAS IMEDIATAS

1. Bombas Sobre Bagdá e a Literatura do Povo 23
2. A Guerra das Malvinas em Cordel e um
   Jornalismo Popular 35
3. Tradição e Vida: Literatura Popular em Verso 55
4. O Poeta Popular e a Ordem Social I 67
5. O Poeta Popular e a Ordem Social II 85

O ÚTIL E O AGRADÁVEL

1. "Quero Que Vá Tudo Pro Inferno": Cultura
   Popular e Indústria Cultural 97
2. O Útil e o Agradável: Preceito em "Romance"
   de Cordel 111
3. A Propósito de Leandro Gomes de Barros 125
4. Páginas de uma Poética do Oral 129

Leituras Imediatas:
Comunicação e Entendimento

Este livro compreende ensaios escritos e publicados em diferentes momentos de percurso, o que evidencia um pensamento, algumas prontas reações e construções teóricas sobre comunicação, arte e cultura.

Ao definir a poesia que chamamos de cordel, procuramos alcançar o sentido que os textos desta tradição popular podem assumir num conjunto de reflexões sobre a cultura brasileira. E ainda nas razões mitopoéticas, seja a elaboração contínua e específica de saberes mais antigos, a perder de vista, conduzidos no presente.

Ao definir cordel, passamos por uma concentração de cogitações sobre o oral/impresso, razões e modos de ser e, para isso, valem os repertórios, a história cultural e a tradição, bem como os estudos mais recentes, que falam sobre corpo e performance.

Observa-se a interação dos sentidos: ver, ouvir o recurso, dizer, a junção de funções cognitivas e sensoriais que, em nossos tempos tão cindidos, costumamos dividir e esquizofrenizar. Fomos acompanhando a interação de temas, linguagens e expressão poética no universo das culturas tradicionais.

O enfoque se dá pelos caminhos da arte à dimensão comunicacional: questões de produção e de recepção, etapas do processo editorial, em que a memória e os atos transmissivos e seus ambientes estão em causa.

A incorporação de novos meios e sistemas transmissivos comparece neste conjunto de ensaios. O fato social das migrações, sua condição, marcas identitárias não poderiam estar ausentes deste corpo de textos. Alguns deles aqui revistos e republicados têm data bem definida e correspondem a posições de momento. São, por assim dizer, e por isso mesmo, leituras imediatas. Mas carregam por sua vez inventários, documentos, propostas que foram sendo construídos em muitas ocasiões, cuja atualidade não se contesta.

Assim, uma discussão sobre práticas e "ideologias", singularidades da poesia popular e a constatação de sua presença em movimento, ao invés da morte tão apregoada dessa poesia.

Os materiais em elenco e os exemplos oferecidos, referem-se ainda às vivências da autora e dos poetas populares em São Paulo, contemplando de forma mais sistemática as migrações, e ainda as poéticas da diáspora nordestina.

O apuro de uma consciência crítica e política se reforça, quando da participação no Grupo de Estudos Sociologia da Cultura Brasileira, dirigido no CERU-USP por Maria

Isaura Pereira de Queiroz, na década de 1980, cuja visada moderna intuía sempre uma rede de relações previstas ou suspeitadas, por exemplo, com a cultura de massas.

Comparecem aqui também textos reativos sobre a Guerra das Malvinas e a chacina do Iraque.

Duas sequências nos trazem ainda incursões, sob o pretexto de discutir provérbios, tão presentes no universo popular e a eficácia de verdadeiros acontecimentos que aproximam a tradição da mídia.

UM GRANDE TEXTO

I

A Literatura de Cordel

Quando nos situamos frente à literatura de cordel brasileira (denominação hoje aceita e alcançando em si mesma grande diversidade) estamos diante de um grande painel da vida popular, daquilo que é documento/história e ainda de complexa teia imemorial que se expressa através de *mitopoéticas*. Impressa e oral, ao mesmo tempo, lidando com conceitos especiais e próprios de leitura e recepção, este conjunto se oferece, em sua unidade e diferença, como um "grande texto". Faz passar uma voz constante do popular ao popular, diante das demandas de um público que ainda lê, ouve as histórias ou segue os sucessos (acontecimentos) ou disputas, mesmo hoje. O importante é que esta conjugação do oral e do impresso se dá, conservando sempre a malha de um repertório comum, de certo modo coletivo, que é também individualizado por cada criador. Estamos diante da complexidade de antigos saberes, da manutenção de gêneros preservados, em verso, e da transformação imposta pelas instâncias modernizadoras. Ancorada na performance, no gesto, no corpo, esta literatura remete à imagem e à conjunção com outras artes, e se faz imediata.

É a denominação corrente para um tipo de poesia popular nordestina ou daí proveniente, impressa sob a forma de folhetos, expressando os valores mais tradicionais dessa cultura. Geralmente era vendida em feiras, mercados populares ou nas grandes concentrações nordestinas das grandes cidades do Centro-Sul.

De uns tempos para cá, o termo *cordel* vem sendo incorporado ao vocabulário corrente de grande quantidade de pessoas de vida urbana no Brasil. Esta denominação, que pretende expressar uma importante espécie de arte popular, um poderoso veículo de comunicação e que hoje cobre grande diversidade, não surgiu por parte dos poetas populares, seus produtores iniciais, mas terá nascido de críticos e de estudiosos do assunto, que tomaram a questão em suas origens. Em Portugal, era *cordel*, na Espanha, *pliegos sueltos*, o que corresponde mais ou menos e em outra escala ao *colportage* da França.

É feita uma distinção entre o folheto de 8 e 16 páginas e os romances e estórias (32, 48 e até 64 páginas), dando-se nesta última modalidade maior fôlego ao poeta para *versar* estórias longas e de enredo mais complexo, que hoje, por vários motivos, inclusive o econômico, vão rareando e cedendo lugar ao folheto de 8 páginas.

Na Bahia, essa literatura era conhecida por uma das suas modalidades, abecês, e até por arrecifes, o que remete a uma procedência nordestina. Riquíssima expressão tradicional, que tem no verso de sete sílabas, a redondilha maior, sua principal modalidade, em geral, disposta em estrofe de seis versos, segue toda uma tendência rítmica da língua portuguesa:

Com licença dos leitores
vou narrar um fato curto
de amor e de sofrimento
passado num lindo império
cheio de lances dantescos
com falsidade e mistério[1].

Produção poética que teria começado na Paraíba, na segunda metade do século XIX, com Silvino Pirauá de Lima, Leandro Gomes de Barros e Francisco das Chagas Batista, entre outros, conforme nos atestam os estudiosos que tratam dessa origem[2]. Já preexistia, porém, na tradição oral, e tem sido construída sobre um lastro de símbolos e figuras todo um repertório de situações, na persistência dos antigos romanceiros ibéricos, recriados e inovados, a partir das condições do sertão brasileiro. A sua riqueza de temas é incomparável, o que tem levado à organização de várias classificações, conforme se pode ver a partir do indispensável volume de estudos da Casa

1. Cf. Delarme Monteiro Silva, *O Mistério dos Três Anéis*, Juazeiro, 3.4.1978.
2. Cf. *Dicionário Bio-Bibliográfico* de Átila de Almeida e José Alves Sobrinho, UFPB, Campina Grande, 1990. Apesar das imperfeições, apresenta uma boa visão de conjunto; e *Poética Popular do Nordeste*, de Sebastião Nunes Batista, Ed. Fundação Casa de Rui Barbosa, 1982.

de Rui Barbosa[3] (saudosa geração de pesquisadores/escritores). Cabe aqui uma relação dessa literatura com o que se chama de literatura oral, mesmo que ela seja escrita e impressa, uma vez que há aí um caminho do oral ao escrito, em etapas sucessivas: ler, ouvir, contar, memorizar, escrever, dizer...

Foi João Martins de Athayde o responsável pela sua organização e divulgação em termos modernos. A Folheteria Luzeiro do Norte e a de Athayde, comprada por José Bernardo da Silva, levariam esta produção popular aos meios urbanos e rurais do Nordeste brasileiro, chegando a tiragens não alcançadas pela poesia brasileira em seus circuitos correntes. É que o folheto, sob forma acessível, apoiando-se na tradição oral, versando a partir de motivos e situações conhecidos por todos, fica sendo uma voz para ouvidos gerais. Havia de parte de quem o escutava e de quem ainda escuta uma identificação muito grande com os assuntos que pertencem à própria cultura do Sertão. Esta literatura sempre correspondeu aos ideais, transmitiu os necessários heroísmos, as façanhas e encantamentos, que compõem o dia a dia, superação heróica ou mágica.

Na medida em que os poetas foram participando, ao mesmo tempo, do mundo da informação (rádio, cinema, televisão e depois internet), da vida urbana moderna, esta modernização foi sendo transmitida e incorporada dentro da significação e de expressão das camadas populares.

---

3. *Literatura Popular em Verso*, Rio de Janeiro, MEC/Fundação Casa Rui Barbosa, 1964. Catálogo, vol. 1.

Por aí sempre passaram as novas informações, fatos e acontecimentos, como o aparecimento de um cometa, um desastre, seca ou enchente, sucessos ou coisas sucedidas.

Assim, essa literatura é um poderoso canal de informação, espécie de jornal popular, cartilha da vida. Por ela transitaram queixas e denúncias, protestos e insatisfações, assim como projetos e esperanças. Não é difícil explicar sua acolhida e êxito, correspondendo à década de 1960 sua grande difusão. Depois, uma série de fatores foi dificultando, pouco a pouco, esse mundo de criação, que teve de se adaptar a novas condições.

Há fatos sociais segundo os quais não se pode separar, agora, essa literatura em seu curso não interrompido: o fenômeno das migrações e sua descoberta e relação, agora muito íntima, com o meio universitário, além do interesse turístico e a curiosidade que foi despertando. Com as migrações, ela seguiu a trilha dos migrantes nordestinos. Em São Paulo, como no Rio de Janeiro, as condições da cidade grande propiciaram sobrevivência material para o produtor e de identidade e compensação para o receptor...

Grandes quantidades de folhetos da antiga matéria tradicional foram sendo editados pela Editora Luzeiro de São Paulo, antiga Prelúdio, com uma vistosa embalagem policromática que muito agrada e cobrindo praticamente a distribuição em toda a região do país, onde haja público nordestino[4]. Entre os seus títulos, destacamos desde

---

4. Cf. Jerusa Pires Ferreira, *Arlindo Pinto de Souza*, São Paulo, Com-Arte/ Edusp, 1995. *Editando o Editor.*

O *Pavão Misterioso*, de José Camelo Resende, um clássico, à *História do Príncipe Formoso*, de Rodolfo Coelho Cavalcanti; desde *Lampião e Maria Bonita no Paraíso*, de Jota Barros, à *Carta de Satanás a Roberto Carlos*, de Enéas Tavares dos Santos. Continua-se, portanto, a reproduzir aquela primeira poesia popular de folhetos, os *clássicos* e também uma outra, por poetas em novas condições, não se podendo esquecer do convívio permanente com a indústria cultural e a imposição de certos modismos.

Assim é que a denominação *literatura de cordel*, mesmo se rejeitada, termina por ser aceita. Ela fala de todos esses percursos e relações, em seus vários caminhos, e guardada sua diversidade, é uma adaptação permanente, uma tradição persistente, força viva de culturas do Nordeste brasileiro em seus caminhos de conservação e distintos percursos para a modernidade.

LEITURAS IMEDIATAS

I

Bombas Sobre Bagdá
e a Literatura do Povo

Entre os acontecidos e as criações populares que os veiculam, a guerra estaria sendo uma das experiências em torno das quais se reúnem conjuntos muito expressivos de criação popular, folhetos, cantorias, menções, em ciclos de textos orais/impressos que vão se sucedendo.

Foi o caso das Malvinas na década de 1980[1], do Golfo na de 1990 e no começo deste século XXI, quando da invasão carniceira de tropas anglo-americanas pelo controle do Oriente Médio e de seu petróleo, aberração internacional que violenta direitos e limites, e que alguns meios insistem em chamar de Guerra do Iraque. Como se

---

1. Cf. Jerusa Pires Ferreira, "Malvinas: A Guerra & Os Poetas Populares ou uma Consciência Possível do que se Chama América Latina", *Revista Margem*, n. 12, pp. 161-167, São Paulo, Educ, 2000. Cf. também o texto "Guerra e Guerras nas Edições Populares ou Uma Consciência Possível de América Latina", apresentado no Colóquio Internacional Política, Nação e Edição (Brasil, Europa e Américas nos Séculos XVIII-XX: O Lugar do Impresso na Construção da Vida Política), UFMG, de 7 a 9 de abril de 2003, publicado nos anais do referido Colóquio.

houvesse alguma guerra, para além da resistência possível de um povo sabotado, ao longo de tantos anos, sofrido e desarmado pelas exigências da ONU e de todos os usurpadores.

Duas cenas, entre as muitas, da construção do espetáculo televisivo e também de uma encenação da mídia me parecem, no entanto, espantosamente trágicas.

A imagem estática da cidade de Bagdá, iluminada e em silêncio, esperando as bombas caírem, afinal, também sobre as nossas cabeças. Mulheres, homens e crianças, nós mesmos, na espera angustiada do que poderia ser o derrame daquela tecnologia assassina sobre nós, a História, a nossa memória e a da humanidade.

O despudor e a falta mínima de decoro daquele senhor Rumsfeld, sapateando sobre os objetos num dos palácios do ditador deposto, e depois a soldadesca de sempre, pisoteando e andando por sobre os escombros da memória do mundo. Não importa quem fosse Saddam Hussein!

São imagens tão carregadas de memória que não nos deixam sequer o alívio momentâneo do esquecimento, de uma pausa que nos permita não lembrar o quanto estamos à mercê de tudo, e como é pouco o que podemos de fato fazer e dizer.

O interessante artigo de José Arbex no livro *Por que Nós, Brasileiros, Dizemos Não à Guerra*[2], chama a atenção para a construção midiática e os clichês que costu-

---

2. José Arbex, *Por que Nós, Brasileiros, Dizemos Não à Guerra*, São Paulo, Planeta, 2003.

mamos engolir quando falamos neste caso em guerra, em conflito etc.

Temos ainda o mito das tecnologias cirúrgicas, quando cirúrgica é a digitalização e a edição eletrônica que nos apresenta imagens depuradas.

E aí se apresentam as questões ambíguas em conceitos como democracia e ditaduras. É quando nos pergunta o articulista: haverá no mundo ditador mais sanguinolento do que aquele que brinca de democrata na WH?

Imersos em nossas perplexidades e diante do "monstruoso morticínio" procuramos acompanhar o que se passa no território da comunicação e da criação popular.

A poesia popular, curiosamente, continua viva, em seus múltiplos matizes, alcança outros parâmetros e pode falar de guerra como invasão, com a justeza de uma condenação sempre clara.

Surgiram e vão continuar a surgir os mais diversos folhetos dos mais variados tipos e por parte de diferentes poetas em várias gradações quanto à competência da poesia tradicional ou a partir de criadores improvisados, que nos oferecem *simulacros*, a nos sugerir toda uma visada muito interessante. Discussão sobre o ato criador, sobre a transformação das culturas tradicionais, a capacidade de interpretação do próprio tempo, a simplicidade de pensar diretamente, seja a partir de um viés emocional, ou a partir de práticas políticas inseridas nos fazeres do povo.

Acompanhamos, por exemplo, ao abordar todo um conjunto nunca exaustivo de folhetos sobre a invasão do Iraque, um outro tipo de criador que pertence ao segmento que batizamos Cultura das Bordas. Nem é aquele mundo de saberes antigos oferecidos na linguagem de humildes poetas, nem o que se encontra em nossos discursos críticos.

Temos em geral o poeta/pesquisador, nem sempre poeta, nem sempre pesquisador, espécie de amador que se aproxima do mundo das culturas tradicionais, imitando-as, pretendendo se passar por um de seus intérpretes. Muitas vezes trata-se de uma adesão. Em outras, as razões são mais midiáticas ou em função de um fato especial e recente, que solicita uma presença visível. Não importa. Esta transformação está prevista e, muitas vezes, a qualidade é bastante precária, do ponto de vista da realização poética.

Mas o que conta é que há vozes em percurso, que em seu conjunto nos passam mensagens e, de repente, pode surgir um texto bem produzido, competente.

É mesmo muito interessante constatar "a resistência" de antigas pulsões criadoras, tanto que Ivanildo Villanova, um dos nossos mais importantes cantadores, vai afirmando, na capacidade justa de seu repente, os aspectos mais importantes. Notícia, glosa, discussão poética, protesto aí se realizam integrados.

Não se trata aqui de uma busca extensiva para ver quantos folhetos existem, quantas criações detonam todo um processo, mas nos situamos, de fato, diante de uma virtualidade, de um corpo de expectativas e de respostas que se ativam no momento certo, no ambiente desta literatura popular. E não existe nada mais próprio para se ativar do que a construção, a resposta contundente a este episódio estarrecedor, que nos alcançou a todos.

Encontramos no *Jornal do Comércio* de 11 de abril de 2003 um artigo de Paulo Cavalcanti Filho, "O Cordel da Injusta Guerra", a partir do encontro deste jornalista com o cantador Ivanildo Villanova. O autor nos diz que o improviso foi gravado e transcrito (sem autorização!) mostrando claramente a posição do poeta em relação ao sinistro acontecimento:

Em 19 de março
Por deserto, vale e serra
O mundo viu com espanto
Quando começava a guerra
Por culpa de um vagabundo
que quer ser dono do mundo
banhando de sangue a terra.

Encontramos aí a mistura de universos, aquele passado pela modernidade, os meios televisivos e a mais antiga possibilidade expressiva da poesia tradicional,

E nessa vida tersã
Ouço briga com cachorro
Ele babando de ódio
Ela avisando não corro
Ele é grande como o diabo
Mas se enrosca pelo rabo.

Encontramos na sequência aquela exibição de saber e de mestria que apela para as rimas proparoxítonas: luta antropofágica, louco messiânico, humanidade anacrônica, mostrando uma face trágica...

E o arremate nos mostra a capacidade do improvisador, em sua resposta imediata e bem tirada, a síntese poética que se alia aos recursos sonoros. Magnífico o zumbido que emana de: "Da paz o pentágono zomba", e do término desta sequência "sacode bomba", "joga comida".

> Dão bilhões à vizinhança
> Em uma causa perdida
> Potência imperialista
> Sem nenhum respeito à vida,
> Da paz o Pentágono zomba
> De noite sacode bomba
> De dia joga comida.

Além disso, os vários folhetos[3] acontecem das mais diversas maneiras na Bahia, em Recife, em Fortaleza, trazendo-nos a dimensão justa de uma espécie de indignação popular, que explode nos mais diversos lugares.

Seria, portanto, bem interessante observar alguns títulos que surgiram nesta ocasião:

- *Monstro Americano Destrói Inocentes no Iraque* – Guaiapuan Vieira (Ceará).
- *A Guerra do Iraque* × *USA* – Gilberto Cavalcante (Pernambuco).
- *A Chegada de Lampeão no Deserto Iraquiano* – Paulo Moura (Pernambuco), e aí, é preciso que se diga

---

3. Agradeço a Roberto Benjamin (em memória) e a Rosângela Oliveira pelo envio de folhetos nordestinos.

que o poeta faz cruzar Lampião com o Presidente Bush.

O autor mencionado, Guaiapuan Vieira (que se diz formado em Teologia) lembra que o texto de cordel geralmente pertence às classes de baixa renda [*sic*]. No Ceará, ele nos diz, ajudou a fundar a Federação dos Cordelistas do Nordeste, que presidiu. Neste folheto encontramos algo como: "Que a prepotência do Bush...".

É preciso dizer que os formatos desses textos são os mais diversos. Há os que apresentam a forma tradicional do folheto, graficamente impresso, em papel rosa ou verde, com gravuras ou clichês e outros são feitos às pressas, em computador ou xerox, com os recursos disponíveis.

É o caso de *G. W. Bush, o Anjo do Mal* de João Sabino Nascimento, trovador baiano (2003, 8 páginas).

Numa movimentação através de um universo globalizado o autor nos diz que:

Enquanto os pacifistas
vão às ruas pedir paz
W.Bush e Tony Blair
Parecendo dois chacais
Querem a 3ª guerra
Arautos do satanás

Se um deseja ver sangue
O outro quer ver carniça
Para tomar o petróleo
Do Iraque com cobiça

Da América vai a morte
Do céu virá a justiça.

Utilizando um sistema de rimas bem especial (rima em iça), como no sexteto transcrito acima.

Mas o folheto vai além, chama o presidente dos EUA de emissário do capeta:

Descendente de Luzbel
fazendo guerra ao Iraque
Pregando paz a Israel.

Evoca, em seguida, a Guerra dos Cem Anos:

[...]
Com todo aparato inglês
Esqueceu que com a França
só de anos foi 106.

Aproveita ainda para situar a política brasileira de então:

Espero que nosso Lula
Analise, pense bem
Não vá ajudar ao Bush
Derrubar Saddam Hussein
Ele hoje quer o Iraque
Depois o Brasil também.

Defende e louva o bom senso de Jacques Chirac e chama o presidente americano "de maior ditador do mundo", "governante satânico", "psicopata por guerra", convidando-nos a acompanhá-lo nesta viagem.

Tremo só de ouvir o som
De um mirage ou um caça
Porque sei que aquela peste
Extermina nossa raça
Semeando dor e morte
Em todo lugar que passa.

Todas armas biológico [interessante a concordância]
Que os outros países têm
Foi a América que vendeu
Inclusive a Saddam Hussein
Para desarmar as dos outros
Desarme as suas também.
[...]
Sua meta é estar por cima
Foi assim que destruiu
Nagasaki e Hiroshima.

E conclui o seu folheto, agradecendo aos chefes de Estado que recusaram a guerra.

Um outro livrinho a ser mencionado é aquele que se chama *Chirac: Liberté – Igualité – [sic] Fraternité* de João Dantas e gravura de Silas, numeração estranha das páginas.

O autor se diz ator e diretor teatral, pesquisador de folclore e poeta popular, jornalista e radialista, coordenador de Cultura do Município de Campina Grande/Paraíba. E no conjunto de informações passa até o seu e-mail. Propõe para Jacques Chirac o prêmio Nobel da Paz!!!

Trata-se de um daqueles textos – simulacros aos quais me referi, e não apresenta qualidade poética. Interessa sobretudo como documento.

Já o folheto *A Evolução do Papel da China aos Dias de Hoje*, de Manoel Monteiro, 16 páginas, é datado de abril de 2003. O autor se diz cordelista e nas contracapas internas faz uma proposta, espécie de documento em prosa:

> Aqui e agora encaixa-se como candidato em potencial ao título honorífico de Maior Imbecil do Mundo, um marginal [sic] que atende pelo nome de George W. Bush, cuja vitória eleitoral no seu país ainda hoje é questionada. Pois bem, esse Bush é postulante a Imbecil do Século porque se arvora de dono do mundo, e para firmar-se como tal tem mandado seu poderoso exército invadir paulatinamente países pequenos e indefesos aonde derrama bombas sobre escolas, hospitais, museus, população civil, saqueia os bens, dizendo-se libertador.
>
> Se ontem foi o Afeganistão e hoje o Iraque, quem garante que amanhã não seremos a bola da vez?
>
> Porque estou falando disso num folheto que trata da reciclagem do papel?
>
> Porque tem traste que nem pra reciclar presta e Bush é um deles.

O poeta popular, em sua ira contra as ações covardes (e quantas vezes não sentimos o mesmo?), tem a coragem e a clareza de conduzir argumentos irrefutáveis, apesar da personificação muitas vezes tão canhestra, de alegações em alguns momentos emocionais.

O fato é que este conjunto aberto ao infinito, espécie de hipertexto, importa muito, tanto no que se refere à cobertura e memória desta invasão, como nos leva a outras possibilidades trazidas pela referência ao acontecimento, do ato político à sua expressão jornalística, midiática e poética.

E mesmo aqueles livrinhos que serão apenas arreme-
dos da grande arte popular de versejar têm força e contam
na avaliação da construção imaginária, de uma parte, e da
outra nos oferecem na sua consciência possível, a potência
de atitudes e de práticas políticas.

2

A Guerra das Malvinas em Cordel
e um Jornalismo Popular

A guerra[1] ou as guerras têm desempenhado um forte papel na tradição dos folhetos populares que conduzem muitos atos narrativos, transmissões contínuas, encampando um conjunto de informações, a partir de fatos sabidos, recuperados da mídia ou presenciados e, ao mesmo tempo, toda uma fabulação que podemos situar em termos de mitopoética, ou seja recuperação de enredos ancestrais, veiculados pela tradição.

Presente de vários modos, em signos visuais, emblemas, referências indiciais, na construção de episódios, ou mesmo no aparato discursivo, o assunto favorece uma larga visada. As funções comunicativas (um jornalismo popular que constrói uma história não oficial fortemente opinativa) e poética (transmissão fabuladora de um tempo/espaço que vai do acontecimento aos depósitos

---

1. Vários pesquisadores, entre eles Vera Luna e Silva e Mark Curran, têm recolhido materiais, folhetos que retratam guerras de forma objetiva.

imaginários: mitopoética) se entrelaçam, recuperando diferentes durações temporais, cruzamento de depósitos imaginários com universos presenciados ou da notícia.

Em alguns folhetos, ou em textos orais, encontramos o combate medieval e guerreiro, de mistura com alusões às guerras de outros tempos. Na anterior Guerra do Golfo de 1991 surgiram folhetos e em destaque aqui um deles que apresenta em meio a um repertório tradicional, a guerra de Saddam Hussein, com a curiosa gravura de um aviãozinho bem antigo na capa.

Portanto, neste processo de transformação da própria literatura de folhetos e dos grupos sociais que a produzem, ou já nem mais a produzem; da mesma maneira as antenas continuam ligadas para captar o mundo, a partir das ressonâncias comunicativas ou da própria elaboração e atualização de um conhecimento interpretativo em si próprio.

Meio de caminho entre a tradição da voz, da letra, construção de imagens, tanto no que se refere à imagem visual, como imprescindível no discurso que constrói a sua figuralidade de imagens alusivas, esta forma de expressar a guerra tem o seu registo peculiar e um tema assim estará sempre ligado a esta conjunção dos tempos presenciados ou ouvidos em narração, próximos ou distantes, oferecendo a possibilidade de uma "consciência" possível.

Assim, no conjunto aberto e não exaustivo, a cada momento se pode encontrar um outro, referente à Guerra das Malvinas.

A Guerra Das Malvinas

> *Da vil colonização*
> *que chama de proteção*
> *o que eu chamo de cobiça*[2]

Entre outros folhetos de "acontecidos" ou de "sucessos", ou seja, naqueles em que predomina um acontecimento recente, vieram parar em minhas mãos alguns folhetos de poetas populares, e que tratam especificamente da Guerra das Malvinas. O que imediatamente percebemos, mesmo à primeira leitura, é a curiosa coincidência de posições entre estes textos.

Raimundo Santa Helena, nordestino, residente no Rio de Janeiro e presidente da CORDEL BRÁS (uma curiosa organização criada para defesa dos interesses dos poetas populares e da literatura de cordel), em dois folhetos seguidos, ou seja, em *A Morte da Menina de Campinas*[3] e em *Tragédia Aérea no Ceará*[4], aproveita para reproduzir uma nota de *O Globo*, que fala da ocupação das tão famosas ilhas. E na contracapa do primeiro transcreve:

Malvinas
Os britânicos também ocuparam as nossas ilhas Trindade e Martim Vaz, no Atlântico, e só as devolveram 50 anos depois (1895), "diplomaticamente", porque:

---

2. Raimundo Santa Helena, *Malvinas*, Rio de Janeiro, 30.4.1982.
3. *Morte da Menina em Campinas*, Campinas (SP), 9.5.1982.
4. *Tragédia Aérea no Ceará*, Rio de Janeiro, 10.6.1982 (tiragem dez mil exemplares).

38 ⮵ JERUSA PIRES FERREIRA

a) as ilhas não tinham água;

Brasil entregou aos britânicos todas as concessões ferroviárias (mesmo as estradas de ferro construídas por brasileiros, como a Leopoldina); todas as concessões hidrelétricas (até mesmo a antiga usina de Paulo Afonso, construída por um brasileiro, e que os ingleses desmantelaram e lançaram as máquinas na cachoeira, para dar lugar aos produtos ingleses); todas as concessões de indústrias têxteis. Na verdade, nós compramos nossas próprias ilhas com a nossa dignidade, como a nossa dependência econômica, com o sacrifício de honra nacional. Mas isso não está nos livros oficiais da História do Brasil.

Recordo-me também da questão do Pirara, na fronteira com a Guiana, em que o Forte brasileiro de São Joaquim foi ocupado por soldados ingleses em 1840, quando a guarnição brasileira havia sido retirada para combater a rebelião do Pará – a Cabanada.

Recordo-me ainda que as ilhas da Ascenção, Santa Helena, Tristão da Cunha e Vasco Gonçalves, entre o Brasil e a África, foram descobertas pelos portugueses, a caminho para as Índias (vejam-se os seus nomes, que os ingleses nem se deram ao trabalho de mudar), e que os britânicos ocuparam na fase áurea do seu imperialismo. Não fosse eles, essas ilhas seriam agora também brasileiras (Francisco Correa Neto, O Globo, junho, 1982).

O marido da Senhora Thatcher é dono de apreciável negócio de lã das Ilhas Malvinas (Edmundo Silveira).

O que aqui se encontra, nesta transcrição que o poeta coloca em seus folhetos, é a ideia de que está desperto e inserido no mundo crítico e da notícia.

Depois de reproduzir este informe, o poeta popular conclui que as Malvinas são argentinas e que "os ingleses sempre irônicos querem humilhar nossos irmãos latino--americanos".

Chama a nossa atenção a ideia de humilhação, tomando latino-americanos como se eles fossem uma classe

LEITURAS IMEDIATAS ❧ 39

social ou uma confraria. É marcante a remissão para toda uma documentação jornalística e televisiva, conforme se lê, na contracapa do segundo folheto citado.

Em *Eco das Malvinas*, o poeta insiste, fazendo questão de dizer que transmite uma mensagem social e educativa, e acha que as Malvinas são da Argentina, retomando a carga, e citando suas fontes documentais:

Os ingleses, sempre irônicos, querem humilhar nossos irmãos latino-americanos. Eles se acham imbatíveis e fazem questão de dizer que são superiores. Eu não os considero assim e no meu poema digo o por quê.

a. *O Estado de S. Paulo*, 8.5.82;
b. *O Globo*, 11.5.82; UH, 8.6.82; Rádio Nacional, 1.5.82; TVE, 2.5.82[5].

Escreve além disso um combativo folheto em que explicita, clara e enfaticamente, sua posição anticolonialista e a repulsa que expressa nos seguintes termos:

E no meu ponto de vista
um estado ou país
não pode ter duas sedes
afirmo sem cerimônia
uma é a filial
e a outra é matriz.

Naquela linguagem hiperbólica, que caracteriza a argumentação da tradição popular nordestina, por força

5. *Malvinas*, Rio de Janeiro, 30.4.1982.

da grande retórica herdada dos tempos coloniais, e um palavrório que vale por ele mesmo e pelos efeitos sonoros, acrescenta:

> Com sublimação orgânica
> excremento no Cordel
> a magestade cruel
> bufando alma satânica.

Por sua vez, e com outra mestria do ofício de poetar, na construção deste legado de tradição oral, o pernambucano João de Barros (Jota Barros) residente em São Paulo há muitos anos e um dos mais significativos representantes da tradição da poesia de folhetos nordestinos conhecidos como Literatura de Cordel, em *A Voz do Padre Cícero Contra a Guerra das Malvinas* nos diz que:

> Quando Deus fez este mundo
> Não vendeu nada a ninguém
> Porém os gananciosos
> Com ordem não sei de quem
> Dizem que o mundo pertence
> A quem mais direito tem.

Através da tradicional explicação misógina para penas e males do mundo, conforme a tradição bíblica, passa por tópicos como mulher serpente e pecado, alcançando a figura de "Dona" Thatcher:

> Lembrem que uma mulher
> Fez do mundo a perdição
> Quando surgiu o pecado

Veio a desilusão
Fazer uns ser mais que outro
Por causa da ambição
Quem sabe se esta agora
Cheia de ódio e rancor
Está provocando o mundo
Com seu gênio malfeitor
Pra uma terceira guerra
O susto devorador.

Cumpre-se aqui, como é corrente, na prática desta poesia popular, uma personificação necessária das entidades. Tem de haver uma figura que represente tudo. Em alguns textos de folhetos, e mesmo no de estórias de encantamento e de princesas, o governo, a polícia, o exército e outras instituições são personalizadas, chorando, rindo, admirando-se etc. Quando não é assim, costumam aparecer figuras alegóricas, que assumem toda a responsabilidade pelo que acontece: *A Carestia* com seu chicote, *A Morte* com sua foice, *A Inflação* (tema novo), *A Fome* (tema eterno). Prossegue então o poeta Jota Barros:

Se a Argentina *exigiu*
Seus bens está com a razão
A cento e cinquenta anos [*sic*]
Perdeu as ilhas e então
Hoje as pede de volta
É justa a devolução.

Parece oportuno destacar nos dois poetas considerados até aqui, de tendências e vivências muito diferentes, a aversão ao "dominador" que se faz igualmente intensa. Marca-

-se, além disto, um forte sentimento de América Latina, que nem se sabe bem o que é, na complexidade de seus termos sociais, geográficos e políticos, mas que aqui representa uma voz do colonizado em oposição nítida ao colonizador.

A Voz de Padre Cícero Contra a Guerra das Malvinas[6]

Acompanhando o uníssono de vozes – opiniões destes poetas radicados no Rio e em São Paulo, chegamos ao da Bahia, Rodolfo Coelho Cavalcanti, hoje já falecido, poeta que merece todo um capítulo a ser escrito sobre a História da Literatura Popular no Brasil, não pela qualidade mas pela quantidade de folhetos que produziu, e em razão de ter captado temas com tanta veemência.

Em a *Guerra das Malvinas ou o Conflito Mundial*[7] põe em relevo o fato de a Inglaterra amedrontar toda a terra, e passa a um minucioso *dramatis personae* da guerra, sendo suas personagens também Haig, Reagan, a própria ONU, o que confirma o interesse jornalístico e, portanto, atualizador do poeta popular. Não poderia faltar ali também a figura aterradora da Thatcher:

A Ministra Margareth
O ataque autorizou
Que a Argentina retome
Suas ilhas por direito

---

6. *A Voz de Padre Cícero Contra a Guerra das Malvinas*, São Paulo, maio de 1982.
7. *A Guerra das Malvinas ou Conflito Mundial*, Bahia, 1982.

E a Inglaterra se convença
Dentro do melhor conceito
Que a causa dela é perdida
Pelo mundo conhecida
Não tomar de qualquer jeito.

E ainda acrescenta:

Um povo civilizado
Não usa de opressão
Não vale o processo novo
De colonizar um povo
Por meio de invasão.

Num tom grandiloquente de poeta, sonetista que muito leu Castro Alves, pede que se una toda a América Latina para uma solução de paz. Solicita a Reagan que não se meta a favor da Inglaterra, e depois de todos os ataques ao inglês como "opressor, colonizador e invasor" vem a habitual personificação, como já disse, espécie de alegoria do mal, Margareth Thatcher, nessa presença contrastiva e agônica, desde sempre, de Deus e o Diabo:

Não sou contra o povo inglês
Que é gente boa demais
Porém Dona Margareth
Por arte do Satanás
Quer tomar mesmo as Malvinas
Que são ilhas Argentinas
E assim não haverá paz.

Há um outro ponto que aproxima a opinião destes poetas: em suas queixas. Comparece sempre a oposição

Cristandade *versus* Ganância, conforme nossas matrizes culturais pré-capitalistas e católicas, dizendo Jota Barros que: "Porque só pensam em terras / Poder dinheiro e partido".

Em oposição ao seu projeto de harmonia do viver que é prosperar, ter um bom emprego, respeitando os outros e "evitando qualquer pelego".

Já Rodolfo, rememora a Independência da Argentina e o esforço que esta fez para se libertar da Espanha. E como se diz fazendo parte de um povo da América Latina, desde sempre colonizado e subjugado por poderes de "ganância", é que o poeta se identifica com a Argentina.

Na busca desta identidade formadora, desaparece aqui a conhecida rivalidade entre argentinos e brasileiros, o conflito interno e de classes sociais, e é também curioso não termos aí nem a mínima alusão ao terror das ditaduras militares argentinas. O general Galtieri é um personagem magicamente subtraído ao enredo, por várias causas que percebemos, inclusive por comprometer a defesa da causa. Nos textos destes poetas em seu conjunto, em geral, não se encontra referência ao peso da opressão das ditaduras militares instaladas em nosso continente, salvo o folheto *O Drama da Guerra nas Malvinas*, de Téo Macedo.

Não creio, porém, que isto se deva à falta de informação. É que são muitas as barreiras, as dificuldades de toda ordem que respondem pela omissão desta perigosa parte do conjunto. Na luta pela legitimidade, pela possibilidade de poder viver, existir, sem maiores perseguições do que as discriminações habituais, o que lhes é possível, no caso, é a consciência camuflada, possível, de uma entidade: a América Latina Unida, em seu ideal heróico de resistência ao colonizador, pelos menos.

Assim é que Rodolfo defende, com ênfase, a investida da Argentina, sua proposta de ocupação das ilhas, dizendo:

Pela mais justa razão
Aconteceu neste ano
Por um arrojado plano
"Fazer a sua *invasão*".

Um curioso folheto é o *Drama da Guerra nas Malvinas*[8] (observe-se, nas e não *das*), de Téo Macedo. O seu tom difere dos outros, na medida em que lamenta o embate entre irmãos ingleses e argentinos. Constrói um discurso contra a guerra, pede paz, evoca os gritos, as ondas, os gemidos.

Não lhe escapa a dimensão ecológica e até a defesa dos pinguins:

com a fumaça dos mísseis
eles não podem andar.

Menciona, no entanto, as mães da Praça de Maio, as famílias desaparecidas, pedindo que volte a Liberdade, e diz:

Eu sou contra as maldades
E qualquer uma ditadura.

8. *O Drama da Guerra nas Malvinas*, São Paulo, 1982.

46 ⟨≋⟩ JERUSA PIRES FERREIRA

Refere-se à ganância, aos afundamentos de navios e termina o seu folheto de 8 páginas com um apelo dramático a Margareth Thatcher, personagem indispensável na representação desta guerra na literatura de folhetos:

Pare 10 minutos para pensar
E faça uma oração
Pedindo com sentimento
do seu pecado o perdão.

A este coro viria a reunir-se Maxado Nordestino (um caso, a ser estudado com critério, o fato de se ter por opção transformado em produtor de folhetos populares). Em *Malvinas São Malvinas*[9], junta sua voz ao protesto dos que expressam, em sua poesia, o sentimento mais profundo de repulsa à espoliação. Seu texto, no entanto, comportaria outras categorias de análise, levando em conta, inclusive, o trocadilho do título.

Neste conjunto de falas e registros de nossos poetas populares, de personalidades tão diversas, portadores de diferentes atitudes religiosas e mesmo políticas (conheço de perto todos eles) e vivendo em espaços urbanos tão diferenciados, há um elo que os aproxima, une e completa os seus textos.

Ao cumprirem sua missão de jornalismo popular, informando e opinando sobre fatos mundiais, deixam marcada sua posição, misturando percepções de tem-

9. Franklin Machado, "Nordestivo", *Malvinas São Malvinas*, Campinas, maio de 1982.

pos diversos, não deixando escapar o acontecimento e a ocasião para se posicionar, poética e criticamente, a seu modo.

Suas falas podem remeter à voz do colonizado, em luta com fantasmas, o colonizador, o demônio, a ganância, como se eles existissem por si.

A implicação de tudo isto será naturalmente o alerta para problemas que, mesmo quando não sejam aí formalizados por impossibilidades concretas, ou criticamente alcançados, mostram o quanto eles intuem ou indicam.

Nossos poetas populares em folhetos que trazem, além disso, capas muito significativas, procuram estar em atualidade e consciência, tentando captar uma certa unidade deste tão sofrido e predado continente. É o seu saber de experiências feito que repercute em uníssono no corpo deste conjunto de literatura popular em verso, impressa nos elementos que vigorosamente fornecem dados para a construção de uma outra história.

Do que pretendi, trata-se, naturalmente, de um comunicado, não exaustivo no seu *corpus*, nem abrigando complexas teorias sobre o social. Enfatizo aí a força deste jornalismo popular e o seu modo peculiar de aproximar razões míticas de fatos imediatos, concretos, de história observada; compatibilizando um mundo imaginário pertencente à tradição e à modernidade trazida pelos meios de comunicação.

Procuro seguir as estratégias dos poetas em conservar certos fatos, enquanto outros são omitidos, a tipização de elementos no imaginário e a obliteração de circunstâncias

Guerra e América Latina

incômodas, enfim, a seleção memorial que trata de eliminar uma parte do que é indesejável, como nos lembra Iúri Lotman, em seus estudos que contemplam cultura e memória.

Guerra e América Latina

Ao enunciar aqui esta proposta, dois temas se apresentam fundantes: Guerra e América Latina, de grande complexidade que impedem qualquer definição simplista ou mais imediata.

Aqui, no exemplo que passo a oferecer, parece que a Guerra é mesmo invasão, desproporção, desrespeito, o que faz desencadear sempre reação mais imediata, a produção mais expressiva.

Assim, o livrinho da editora João do Rio de Savério Fittipaldi[10] e que, em 1928, apesar de outros matizes ideológicos presentes, situa a invasão da Nicarágua pelos EUA, em termos de desproporção de forças do invasor, coragem, unidade e resistência do invadido.

Este texto vai permitindo configurar diante dos públicos populares uma outra história e a fortificação do herói latino-americano, moreno, mestiço, libertador de seu povo. É bem preciso ver que se assim o editor achou por bem difundir é, também, porque ele sabia existir toda uma demanda embutida na produção de um texto assim.

Por isso não seria fora de propósito recuperar aqui alguns trechos bem sugestivos para uma transposição ao

---

10. Pesquisa que Jerusa Pires Ferreira estava desenvolvendo (N. do E.).

tempo em que vivemos: "[...] a intervenção do país do dólar marca o início do confronto militar na Nicarágua".

Enquanto os fuzileiros americanos atacam com modernas técnicas militares e sofisticados equipamentos de guerra, Sandino resiste apenas com a ajuda de poucos soldados e sem aparelhamento para a guerrilha. O sucesso de suas investidas contra os norte-americanos se deu pelo uso da inteligência e astúcia, criando estratégias de defesa e ataque, além de ter a seu favor a topografia do país. O último confronto, descrito no texto, entre as forças revolucionárias da Nicarágua e as tropas dos Estados Unidos se dá quando os norte-americanos tentam destruir o Chipote, espécie de quartel-general da guerrilha de Sandino, que resiste na esperança de devolver ao povo nicaraguense a independência do jugo do dominador.

A capa – ilustração de autoria de Casanova (um pseudônimo), retrata o confronto militar travado entre o Tio Sam, representando o poderio dos Estados Unidos, e o rebelde Augusto Sandino, que enfrenta as tropas americanas invasoras da Nicarágua. Uma moldura vermelha envolve o desenho. Do lado americano, está Tio Sam, vestido com roupas de mágico com as cores da bandeira do país e numa das mãos traz uma arma. Ao fundo, existem alguns arranha-céus e, mais adiante, navios militares atracados no porto. Próximo à fronteira entre os dois países há um canhão apontado para o lado da Nicarágua.

O limite entre as nações é traçado por uma faixa de munição de grosso calibre, às margens de um rio. Sandino, vestido de soldado, tem um lenço amarrado ao pescoço e usa um chapéu de vaqueiro. Empunhando uma espingarda, e com expressões bruscas, está em posição de disparar contra Tio-San [*sic*] tenta ultrapassar a fronteira, aberta com o afastamento de um dos projéteis que a divide. O signo que também caracteriza fortemente o lado americano é a palavra dólar escrita dentro do sol e, do outro, Nicarágua escrita no solo, entre as pernas de Sandino.

Quanto à América Latina, e aqui trago a questão para retomá-la adiante, por causa dos folhetos de que vou me ocupar, o termo nos apresenta muitos sentidos que correspondem a hábitos e atitudes e se oferecem como uma grande dificuldade conceitual, nem sempre básica, mas que nos situa, impreterivelmente, diante do encontro abrupto da colonização, extermínio de povos autóctones, ocupação e mutilação de suas línguas, de suas culturas, e do seu imaginário.

Estamos diante de novas situações, de mestiçagens, do trauma mais consistente, manifesto a cada passo, à criação de uma grande e poderosa expressão, da vida cotidiana à arte.

Literatura de Cordel **RAIMUNDO SANTA HELENA**
Folheto 42-166-12,35, Rio, Brasil, 16-11-1984. 5 mil exemplares. 2ª edição. Produção artesanal de Raimundo Santa Helena, poeta do Sertão de Cajazeiras, Paraíba, de onde fugiu com 11 anos de idade pra vingar a morte de seu pai assassinado por Lampião em 9-6-1927. Mas chegou em Fortaleza como pau-de-arara, dormiu na sarjeta, comeu restos de comida, porém se reabilitou trabalhando 13 horas por dia e estudando à noite num galinheiro, à luz de lamparina. Ingressou na Marinha e hoje é ex-combatente remunerado. Com este folheto completa 16 títulos de cordel publicados, com um milhão e 235 mil exemplares divulgados no Brasil e no estrangeiro. Santa Helena em 5 anos foi citado mais de 360 vezes nos jornais, revistas, rádio em TV, de maneira positiva, pelo seu trabalho em defesa da Literatura de Cordel, com 293 palestras, etc., nas escolas, exposições e imprensa. É Sócio Benemérito da Ordem Brasileira dos Poetas Cordelistas, fundada pelo notável escritor Rodolfo Coelho Cavalcante. RSH foi agraciado pela Ordem com os títulos de "Cidadão da Cultura Popular" e "Cavalheiro da Ordem dos Cantadores". Fundou a Cordelbrás. No pleito de 25-8-83 da Academia Brasileira de Letras teve 4 votos. *Yara Ledo Maltez*

Raimundo Santa Helena O Poeta Repórter
Caixa Postal nº 17.055, CEP 21312, Rio

3

Tradição e Vida:
Literatura Popular em Verso

A Vez e a Voz da Voz

> *Chamo povo a todos aqueles que*
> *pensam com baixeza e sem distinção*[1].

> *Nordestino é formigueiro. Não*
> *adianta tapar. Porque nós rasgamos*
> *o chão pra sair noutro lugar*[2].

Existe, como se sabe, uma grande literatura popular sendo ainda produzida no Brasil. São trovas, sonetos, contos e também a famosa literatura de folhetos populares, chamada de "cordel".

Alguns estudiosos, sem perceber a profunda significação da expressão popular, imaginaram que estava cami-

---

1. Depoimento de uma dama da corte na Europa, século XVIII, em Richard Hoggart, *As Utilizações da Cultura*, Lisboa, Presença, 1975, vol. 2, p. 15.
2. De Raimundo Santa Helena, documento de uma Ata da Cordel Brás, associação de poetas populares, fundada no Rio de Janeiro, 1981.

nhando para um fim a literatura de cordel. Eu própria já cheguei a duvidar da extensão e fôlego que a fazem viva. Parece, na verdade, que o que ocorre é um profundo processo de transformação, à custa dos mais variados fatores, desde a deslocação que acompanha o fenômeno das migrações nordestinas, às mudanças do público apreciador, e diversos e importantes dados de ordem material como custos de produção etc.

Voltei em algum momento da Bahia, impressionada com a força que ela iria tomando, apesar de tudo. Estive em Feira de Santana, na casa do poeta Erotildes Miranda dos Santos, um autor que considero da melhor qualidade, e que vivia de produzir, ler e vender os seus folhetos. Tinha ido, no dia anterior, para as Feiras de Santo Estêvão, Velho e Riachão de Jacuípe, abastecer de notícias, de informação e encantamento das pessoas. Gente de baixíssimo poder aquisitivo, mas para quem a poesia é necessária[3]. Elas procuram ali, sempre que podem, comprar um folheto que custava cerca de trinta cruzeiros (em setembro de 1981). Quando não se pode, o jeito é ouvir e se ouve. E então o poeta conta, vive, encena. E tem seu público certo. Figura de impressionante dignidade e altivez, comenta comigo que o povo destas regiões continua pedindo, além dos folhetos de acontecido, que informam sobre a ordem do dia, os velhos romances de encantamento, *O Boi*

---

3. Comenta com muita propriedade Rubem Braga que, em nossa sociedade massificada, a poesia é tão descartável que, depois que lhe cortaram a seção "A Poesia É Necessária", na *Manchete*, a revista passou a vender como pão quente.

Misterioso, Juvenal e o Dragão, as tradicionais estórias de princesas e de reinados, *A Batalha de Oliveiros com Ferrabraz*, *O Cachorro dos Mortos*, entre outros. O poeta, que responde pela alcunha de o "trovador nordestino", está, no entanto, preocupado com o custo do papel, as dificuldades que enfrenta para imprimir seus folhetos, mesmo os de curto fôlego como era então habitual. É que, por seu temperamento e atitude, como outros colegas seus, a exemplo de Caetano Cosme da Silva, de Campina Grande (que preferiu vender ervas medicinais), não mais disposto a fazer concessões, lutar por patrocínios etc. Quando cumprimentei o poeta de Feira de Santana, ao chegar em sua casa, perguntando-lhe: "Como vai", a sua resposta foi sintomática: "Não vou mal porque quero", o que vale dizer não é por minha causa que vou mal. Mostra-se até disposto a deixar de fazer folhetos. Note-se que não é, porém, porque lhe falte inspiração e público. Sua dificuldade, é a de conviver com as condições desfavoráveis. Uma atitude que tem possibilitado a sobrevivência de outros poetas é a do "malabarismo", ora aceitando patrocínios ora encomendas, para conseguir "segurar a barra". Um caso é o de Valeriano Félix dos Santos, o poeta de Simões Filho, na Bahia. Vivendo junto a um polo industrial, aceita os mais diversos tipos de propaganda e patrocínio. Os seus folhetos trazem muitos patrocinadores. Desde casas de calçados até instituições como a Capemi. Encontramos também em contracapas propagandas como estas: "Visite Simões Filho, – na explosão de seu desenvolvimento – administração Jonga Simões, Labor, Civismo, Fraternidade".

Estas considerações podem levar a que se pense em várias coisas, desde o empobrecimento das classes populares até a sua dificuldade de competir com outras máquinas poderosas.

Ao falar-se de vitalidade da criação das classes populares, deve-se, no entanto, situar a questão seguinte: não se pode falar de "cordel" desta literatura como se ela fosse produzida pelo mesmo tipo de pessoa, e muito menos analisar o fenômeno por aquilo que ele tem de exterior. Ela provém de uma grande diversidade de produtores nas mais diversas situações. Poetas da cidade e do campo, aqueles para quem expressar é um profundo ofício e os que perceberam que era conveniente tomar uma série de estereótipos do imaginário popular e produzir matéria rimada para turistas da cultura, ganhando assim a vida. Vale lembrar que também esta forma de literatura popular, no seu ritmo natural da língua portuguesa, que é a redondilha, o verso de sete sílabas, é um veículo de comprovado sucesso. Sua eficácia tem sido testada ao longo de todo um comprovado desempenho e por isso tem sido usada de várias maneiras por aqueles que querem chegar ao povo, e às vezes do modo mais imediatista.

Encontrei, entre os poetas de cordel, "uma grita", porque um deles tinha aceito a incumbência de um fazendeiro de escrever um folheto a favor dos proprietários de terra contra os invasores ou seus ocupantes. Parece importante mencionar a vitalidade, transformação e o específico de cada uma destas formas de literatura popular, que tem agradado a gregos e troianos, às mais diversas classes sociais[4]:

Vê-se às vezes um coronel
Trajar uma roupa nova
passeiando na roça
diz eu gosto de cordel.

Não se pode esquecer que, ao deslocar-se do seu ponto de origem, o Nordeste, ela tem sede em Salvador, no Rio de Janeiro e em São Paulo, como modalidades muito especiais, em função de público, situação social, de formas de convívio e até sob influência do carisma de poetas que regem a organização de certos movimentos. Considero, portanto, muito inadequado falar de "ideologia de cordel" como um todo, sem a análise prévia dos vários casos. Mesmo reduzindo o problema a uma interpretação, consoante certas recorrências que se aplicam pelo recurso ao conceito de classes sociais (de que aliás não se poderá fugir), será arriscado um nivelamento, pois o mais diverso tipo de produtor de poesia popular está em cena, e ainda num espaço de cento e poucos anos. Acho que é uma manifestação de cultura popular produzida desde cedo em contato e em oposição a outra cultura, a oficial, aquela de classes social e economicamente superiores.

---

4. De um folheto de Bule-Bule (Antônio Conceição), então presidente da Ordem Brasileira de Literatura de Cordel. Tem-se de levar em conta a força crescente dessas ordens e associações, a merecerem um estudo profundo. Em causa seu tipo de organização e alcance.

60 ✑ JERUSA PIRES FERREIRA

Situar o autor em seu ambiente, em suas condições e em sua individualidade, é enfrentar a atitude preconceituosa de se tomar a criação popular como uma unidade heterogênea. Sabemos que não existe criação coletiva, como pretendiam os românticos do século XIX, ao falar da pureza daquilo que o povo inventava. Pode-se falar da memória, da grande força de um discurso comum, uma espécie de reconhecimento de temas e até de uma certa unidade do imaginário que tem a ver com o Brasil profundo, se se puder considerá-lo como um todo. Pode-se dizer, também, que ela consegue revelar anseios e compensações, expectativas de grupos não privilegiados ou subalternos e que termina sempre por expressar a condição de vida das classes populares, suas vicissitudes, suas formas de anúncio e de denúncia. Também acompanhar aí as diversas formas de convívio destes produtores com o poder, a instituição, as classes superiores. Há poetas para quem conta muito a adesão ao oficial, e que deles se aproximam até como tática, e há os que nitidamente o recusam. Enfrentar, porém, a "ideologia" dos poetas populares, sem procurar situar cada caso, seria fazer uma leitura do nosso próprio discurso, retirar desta produção aquilo que convém às nossas categorias[5]. Estão presentes,

---

5. Cito como exemplo sintomático a minha própria atitude: ao selecionar os folhetos de Minelvino Silva, um dos mais importantes e verdadeiros poetas populares da Bahia, deixei de lado folhetos que traziam louvores a Médici e a Geisel. Era, entre outros, um folheto de 1973 em que ele agradecia a aposentadoria dada ao trabalhador rural e pedia que ela fosse concedida aos trovadores. Só depois racionalmente é que pude aceitar que assim o fosse.

neste corpo heterogêneo de produção popular, diferentes relações sociais e até individuais. Mesmo assim, porém, não parece despropositado que se considere este conjunto como um discurso das classes trabalhadoras, uma contrainformação, e até uma contraliteratura, o que não significa necessariamente recusar a cultura dominante, o que seria anti-histórico. É de um contato e de um projeto próprio, de convívio e de conflito, mas que resulta sempre numa organização, que se faz esta relação. E a gente acompanha, em muitos dos folhetos, que lê, uma tentativa de aproximação dos valores da classe dominante, terminando por instalar os valores do mundo de cada poeta, os códigos e as relações de seu grupo, suas vicissitudes e anseios, mesmo aqueles não explícitos.

Seria interessante tomar um texto de Bernard Mouralis[6], para começar a abordar esta produção, enquanto literatura. Para este autor, é suscetível de entrar no campo das contraliteraturas todo texto que não é percebido nem transmitido a um momento dado da história como sendo a Literatura. Ao pensar na de Cordel, ocorre que esta pode ser considerada como contraliteratura, no sentido em que atende às necessidades de informação e de entretenimento (e eu acrescentaria a noção de prazer do texto) daqueles que foram excluídos do saber institucional. A cultura literária permite distinguir aqueles que pertencem às classes dominantes e os que dela são excluídos. A cultura

---

6. Bernard Mouralis, *Les Contre-littératures*, Paris, PUF, 1975, cap. III, p. 35.

literária e artística constitui em, como se vê, códigos que distinguem e fazem distinguir. A cultura daqueles tidos como "cultos" seria a legítima e a outra, a popular[7]; algo a ser tratado como "folclore" ou curiosidade. Acontece, porém, que assusta a organização deste saber popular[8], a complexidade dos gêneros e a possibilidade de sua expressão artística, a merecerem de nós tão grande respeito quanto aparelhos muito complexos para enfrentar o seu estudo e análise.

Este saber se oferece em mitos, estórias de encantamentos, em relatos sucedidos, vidas de santos, constatações de flagelos, obscenidades (e este é um caso muito especial), em crônicas da vida cotidiana, em utopias, e se transforma em diferentes linguagens, a depender do poeta e da situação. E é aí que se tem mesmo de procurar distinguir, apesar da unidade que as reúne, as produções que tratam do acontecido daquelas que trazem o relato mítico. E cada coisa tem a sua específica organização interna, numa riqueza sem limites. Nesta literatura popular dá-se, como não podia deixar de ser, uma "manobra" arcaizante em vários níveis, preservadora de uma série de valores postos de lado pelos grupos dominantes, enquanto ali também se realizam os seus padrões. Acontece, também, que esta literatura avança e se vanguardiza, no sentido em que procede constantemente a um processo

---

7. Mário Pedrosa, "Arte Culta e Arte Popular", *Arte em Revista*, n. 3, Questão Popular, São Paulo, Kairós.

8. Estou muito de acordo com as informações de Carlos Rodrigues Brandão, a este respeito.

de crítica àqueles grupos, mesmo quando não o pretenda conscientemente[9]. Diz-nos ainda Mouralis, num texto cheio de interesse, referindo-se à literatura de folhetos na França (*colportage*) no século XVIII, que seria excessivo ver esta literatura como arma dirigida contra a sociedade oficial. Eu vejo também que há mediações em tudo isso. Diz, porém, e lhe encontro razão, que ela traz conceitos que entram em choque com os da sociedade oficial. São ortodoxias, quanto ao plano doutrinal, saberes e práticas inaceitáveis pelos sistemas dominantes como astrologia, magia, profecias etc., simplesmente fala de outras coisas e marca a presença de outro mundo. Ele vê esta produção de literatura como algo capaz de desembocar numa contestação de valores sociais. Eu diria que levam diretamente a isso. Estes textos podem ser a expressão, cujo grau de consciência é variável, de uma maneira que se opõe deliberadamente à cultura dos circuitos dominantes, apesar de haver espaço para a sua incorporação e de ocorrer todo um complicado processo de apropriação e de devolução entre uns e outros[10].

O fato é que a literatura popular em verso, e, no caso, a de cordel, é um amplo corpo de material onde se observa a força da expressão popular, que fornece elementos para uma outra história da cultura brasileira, onde estão inscritos os projetos das classes populares.

---

9. Procuro mostrar muitas destas coisas em *Cavalaria em Cordel*, 3. ed., São Paulo, Edusp, 2016. Ver especialmente pp. 118 e 121.

10. A este respeito, não se pode deixar de pensar que há entre uns e outros a mediação da comunicação de massas.

Tradição e Renovação[11]

Este mundo representa
Um teatro em nossa vida
Enquanto o povo sofre
Goza o capitalista

Enquanto um faz a comédia
O outro dá o início

Não poderia deixar de falar da Tradição e seu alcance, e esta é uma expressão controvertida, pois geralmente sugere estagnação e conservadorismo. Nos tempos em que estamos colocando as coisas, ela contém, ao mesmo tempo, a necessária conservação para que se transmita uma forma renovadora e criativa. Note-se, por exemplo, a força e renovação que contém a presença moralizadora do aforismo, do provérbio, do ditado. Pode surgir daí o caráter de protesto que justamente se opõe ao de conformismo social. Assim, a força de renovação e a possibilidade própria de organização, que representa, por exemplo, a conservação de um mundo hierárquico como o da cavalaria, e que inaugura uma história, compatível com as expectativas e anseios de grupos que a cultivam. Não é apenas o exemplo de Carlos Magno, a oferecer uma compensação heróica. Mas há todo o mundo encantado do Sertão. Há as ligações com o sebastianismo, a esperada vinda de um Salvador, o projeto tão antigo de combater

---

11. Esta é tópica do *teatrus mundi*, codificado pela antiga retórica. Tratei deste assunto em "O Útil e o Agradável: Preceito em Folheto de Cordel, *Comunicação e Sociedade*, n. 6.

o anticristo e de esperar uma terra de promessas, de alimentação e de fartura. Daí a importância que tem todo este lastro de tradição, merecendo toda uma atenção esta literatura de princesas, o que a princípio pode parecer uma forma letrada de apreciar tradições vencidas, coisa de apreciadores de literatura e folclore, conforme menosprezo sutil (e às vezes nem tanto) que a gente percebe na fala de alguns, quando a isto se referem.

Mas é a tradição que organiza este saber persistente, e conduz não só à superação de toda uma complexidade de sentir, de expressar e de viver, que é em si só toda uma expectativa de mudança.

4

O Poeta Popular e a Ordem Social 1

Não devemos seguir contra
A lei do nosso país
Pois quem luta contra a lei
Nunca pode ser feliz
É pegar braza com a mão
É virar um caminhão
Com a ponta do nariz[1]

Alguns Documentos Para Refletir

É a seguinte a *Declaração de Princípios dos Poetas de Literatura de Cordel*, quando da aprovação de uma organização que fizeram e batizaram de Ordem:

Nós, os poetas de Literatura de Cordel, conhecidos como Trovadores Populares do Nordeste, declaramos em público que jamais escreveremos folhetos licenciosos ou de ataques às autoridades constituídas nem jamais desrespeitaremos as Leis e os Símbolos de nossa pátria e jamais faremos dos nossos folhetos ou livros em versos veículos de incentivo à desordem ou à corrupção, primorando-nos pela moral e pela Cultura do Povo do nosso País. Zelaremos a nossa profissão de poeta popular de Literatura de Cor-

---

1. *A Baixa e a Tabela da Carne Fresca* de Minelvino Francisco da Silva, Itabuna, 15.12.73, 4 p. No mesmo folheto, *O Governo do Presidente Médici e os Agradecimentos dos Trabalhadores do Brasil.*

68   JERUSA PIRES FERREIRA

del como viemos fazendo desde que iniciamos o nosso movimento trovadoresco no país.

Cada um de nós será um vigilante permanente para que a poesia popular seja um padrão de cultura e civismo em nosso país. Combateremos folhetos imorais, não os vendendo nem os comprando e nem versejando e tudo faremos para que os seus versejadores não penetrem no mercado da Literatura de Cordel folhetos de tal espécie.

Seremos unidos pela "Ordem Brasileira dos Poetas da Literatura de Cordel" tudo fazendo para que a classe não sofra vicissitudes financeiras e que jamais não venha falecer um trovador em suprema indigência, colaborando com a "ordem" em auxiliar, financeiramente todas as vezes que se façam necessárias para ajudar um colega violeiro ou trovador em suas aflições de pobreza e de doença. Ajudaremos a "Ordem Brasileira dos Poetas em Literatura de Cordel" dentro das nossas possibilidades para que ela possa cumprir os seus estatutos.

Depois das assinaturas vem o lema seguinte:

COM ORDEM PELA "ORDEM" NÃO PODE EXISTIR DESORDEM. UNIDOS VENCEMOS[2].

Encontrei, num velho jornal de 1960 (mesmo num outro momento político) o esboço de um Programa Geral do 2º Congresso Nacional de Trovadores e Violeiros, contendo a seguinte pauta:

• Combate à poesia popular de caráter licenciosa em todos os seus aspectos.

• Combate à História de quadrinhos de caráter licenciosa beligerante e nociva à infância e à juventude brasileira.

---

2. *Estatutos da Ordem dos Poetas da Literatura de Cordel*, publicação de 1977 (subsidiada pela Fundação Casa de Rui Barbosa). Note-se que não é por acaso que aí aparecem as marcas de um percurso positivista.

LEITURAS IMEDIATAS ❧ 69

• Direitos autorais e editoriais dos trovadores e editores de folhetos em versos, ainda combate ao plágio e fraude das histórias versejadas.

• Maior divulgação da trova popular brasileira e estudo da trova em todos os seus aspectos.

• Colaboração entre trovadores e autoridades constituídas, também a cooperação de ambas as partes nos folhetos de caráter cívico educativo e esclarecimento ao povo em campanhas patrióticas.

• Amparo aos violeiros e cantadores. A penetração dos violeiros ou repentistas nas emissoras do país[3].

Se invertêssemos estes documentos e lêssemos o contrário do que eles contêm, seria possível a execução e até mesmo a simples proposta de seu programa? No mínimo, estaria a censura obrigada a vetar a existência da "Ordem". Ocorre que o poeta popular sabe muito bem disso. Seja mais apenso a uma adesão ou a uma contestação, ele sabe que faz parte de grupos sociais hierárquica e economicamente inferiores, procurando manter uma relação permanente com aqueles dominantes. E então, desde a aceitação de sua poesia, à oficialização e reconhecimento ao prestígio (relativo) dado pelos intelectuais e governantes, temos uma longa história, um duro trajeto. O espaço vai sendo pouco a pouco conquistado. Eles já têm contra si o fato de pertencerem a grupos que não foram privilegiados, os "inferiores", em contato não simétrico com os outros. Ocorre, em termos gerais, o seguinte: mascara-se o habitual, sublima-se e tenta-se conseguir, através de um

3. O *Trovador*, Órgão Cultural Trovadoresco, diretor proprietário Rodolfo Coelho Cavalcanti, maio de 1960.

modelo de ordem hierárquica, a aprovação para uma espécie de "impunidade".

Eu diria que o fato de pertencer a uma classe social não pode em si mesmo explicar a produção poética como uma unidade, chamando a atenção para uma grande quantidade de variáveis e de diferentes atitudes por parte dos poetas. Creio porém que há uma série de procedimentos comuns, sobretudo quando se trata de ganhar terreno para poder se exprimir. No quadro da lisonja, da procura de uma ordem oficial, pulsam anseios, problemas, posturas e expectativas de grupos sociais, que não têm sido inscritos na "História da Cultura Brasileira", a não ser como "Folklore".

Há um tipo de discurso das poéticas populares que, ao efetuar a aproximação com os padrões das culturas dominantes e até mesmo a sua glorificação, aproveita para instalar denúncias, de modo consciente ou apenas intuitivo, mas faz passar todo um vocabulário, inquietações, propostas, anseios.

Ser aceito e reconhecido assume uma importância ainda maior para o indivíduo habituado à sua condição subalterna, como o já referido Erotildes Miranda dos Santos, poeta que vivia em Feira de Santana, unicamente da produção de venda, em feiras, de folhetos de cordel, que foi motorneiro de bonde e até carcereiro, um indivíduo de grande dignidade pessoal, mostrava-me, orgulhoso, os seus retratos em Brasília, com o governador do DF, quando da realização do Congresso de Trovadores naquela cidade. Entende-se, então, o porquê de uma proliferação de medalhas, diplomas e condecorações distribuídas entre as várias organizações de poetas populares. No jornal trovadoresco, que se chama *A Ordem*[4], ao dar notícias, são inúmeras aquelas de assembleias, concursos, medalhas, elegendo-se o trovador, o violeiro, o folclorista do ano etc. Em certo número lê-se o seguinte:

> Muitas coisas terá *A Ordem* a realizar neste presente ano, isso só dependerá exclusivamente dos associados de todo o país. Pará, Pernambuco, Bahia, Rio de Janeiro e São Paulo foram as EMBAIXADAS que mais se destacaram no ano de 1979.

As associações organizam um direito à pretendida ordem social, a relação que significa apoio institucional, a possibilidade de existir, ser reconhecido e, em última instância, de não ser perseguido.

Não é por acaso que, em 1983, o polêmico Raimundo Santa Helena desfecharia o golpe final, o gesto de pretender entrar na Academia Brasileira de Letras. Penso que a atitude significa pôr os pés nos umbrais e tentar ultrapassar limites, ganhar ponto para a causa do povo.

Guardadas as distâncias e as diferenças, ganhar o necessário reconhecimento e estatuto, para poder denunciar, desde a relação equívoca com "intelectuais", até o momento em que a camuflagem política o permite, e construir idealmente este possível convívio e participação.

---

4. *A Ordem: Boletim da Ordem Brasileira dos poetas de Literatura de Cordel*, Salvador, janeiro de 1980.

No caso da Literatura de Cordel, ela responde, em seu complexo e sutil conjunto, no corpo de uma retórica própria, à organização de uma poética que fala diretamente de classes subalternas (ou como se queira chamar), seus impasses, na relação com outras, suas táticas comuns, apesar da grande diversidade interna. Selecionei, algumas situações que se repetem, alguns tópicos que ajudam a perceber a posição do poeta, como uma espécie de procedimento habitual.

Por exemplo, o sentido de Justiça – em *O Príncipe Oscar e a Rainha das Águas*[5], a fonte é franqueada para quem dela quiser beber, o que não constitui apenas um traço adaptativo desta história de carochinha, apropriada no Nordeste brasileiro, mas a atualização do conceito de herói cortês. Há uma intenção de direcionar o relato a uma proposta moral, à pretendida justiça social, sempre presente na literatura popular. Não era sem razão que a censura da Rússia czarista proibia a publicação de antologias de contos populares[6].

Ali se realiza toda uma proposta ética e social, amostra de uma reflexão crítica. Quando o rei mau se transforma em bom e assume sua nova condição (a conversão é sempre meta e a transformação etapa) o faz:

---

5. *O Príncipe Oscar e a Rainha das Águas*, Juazeiro (com acróstico Zé Bernardo, 4.5.1980). Há sucessivas edições. A matriz desse folheto pertence aos *Contos de Carochinha* de Pimentel.

6. Aludo à questão em "Conto Russo em Versão", *Revista de Antropologia*, São Paulo, Departamento de Ciências Sociais da USP (Área de Antropologia da USP), vol. 23, pp. 103-133, 1980.

LEITURAS IMEDIATAS 73

dispensando todo o imposto
do pequeno agricultor
o qual podia vender
seu produto de valor
a varejo nas cidades
mas não a explorador
[...]
O pequeno agricultor
é a mola principal
do mundo alimentíssio [*sic*]
dizia o rei afinal
essa gente deve ser
auxiliado em geral.

A proposta de justiça social percorre toda a estória de encantamento, que de evasão se transforma em questionamento e participação.

A autoridade – há como que necessidade desta presença –, a força e o êxito do discurso autoritário, bastando que se lembre o caso Carlos Magno, presença reguladora, como tanto se tem visto em vários estudos[7]. Num folheto, que se chama *Camelot e Marreteiro*[8], e em cujo fim anuncia o seu autor: "As Nossas Forças Armadas, focalizada em Cordel", faz-se a defesa de tipos populares assim:

Se qualquer um camelot
tivesse oportunidade
a um curso superior
se fizesse Faculdade

7. Cf. *Cavalaria em Cordel*, 3. ed., São Paulo, Edusp, 2016.
8. José Francisco de Souza, *Camelot e Marreteiro*, Tipografia Pontes, Guarabira (PB).

74 ⮑ JERUSA PIRES FERREIRA

pela sua inteligência
seria uma autoridade.

E este fascínio pela instrução oficial e pela autoridade
faz com que, muito frequentemente os poetas transfor-
mem seus heróis em indivíduos formados nas "sete artes
liberais", e em tudo aquilo que pareça conveniente para
enfrentar a competição desigual com os grupos hierárqui-
ca e socialmente superiores:

Seu pai morreu e deixou-o
com três anos de idade
Dona Rosa sua mãe
Na maior honestidade
foi trabalhar alugado
devido à necessidade

e, além disso, na descrição do herói lê-se que:

foi interno em colégio
da alta sociedade,

formando-se em tudo o que lhe convinha[9].

Há sempre uma relação pessoal, patriarcal, paternalista
nas práticas sociais, dando-se a personificação de todas as
instituições. O Governo, como entidade, é tratado na maioria
das vezes como uma pessoa, pensando, mandando, chorando
emocionado etc. Mesmo assim, porém há uma denúncia
sobre as vicissitudes do dia a dia, reivindicação ou protesto.
Como no mundo medieval, a crítica se faz, muitas vezes, pelo

9. *O Reino de Castelo Branco* e o *Rei Herói da Ciência*. s.l.p.

recurso das alegorias. A culpa acaba sendo da Fome, da Carestia etc. Em *O Sofrimento do Pobre e a Taca da Carestia*[10], o trovador baiano Minelvino Francisco da Silva, um dos casos mais especiais da poesia popular na Bahia, além de um excelente xilógrafo, trata assim do assunto, construindo toda uma disputa alegórica entre a Carestia e a Sunab:

> Peço permissão a todos
> do Estado da Bahia
> para abordar um assunto
> que muita gente aprescia [*sic*]
> seja médio ou seja nobre
> é o sofrimento do pobre
> na taca da Carestia
> [...]
> carestia é uma mulher
> bastante forte e valente
> que desafia o prefeito
> o Delegado e o tenente
> o Governo do Estado
> até mesmo o Presidente.

Depois disso, os folhetos de Minelvino, o trovador apóstolo, trazem sempre na contracapa um texto de campanha, documento ou oração. No caso, vale a pena transcrever este:

> Eu como brasileiro, católico e apostólico romano, acho que todos os meus patrícios e irmãos em Cristo, deviam aderir a uma campanha de amor ao próximo contra a carestia, assim: as autoridades

---

10. *O Sofrimento do Pobre e a Taca da Carestia*, Minelvino Francisco dos Santos, Itabuna, 30.10.77.

governamentais baixar os impostos um pouquinho como também a
gasolina. Os motoristas que transportam do mesmo jeito. As empresas de ônibus a mesma coisa. Os produtores de gêneros alimentícios
da mesma maneira. Os pecuaristas e açougueiros, os vendedores de
folhetos, os médicos, as farmácias, os logistas [*sic.*] e em fim todos os
negociantes fizessem uma pequena redução em seus preços, cada um
por força de vontade atendendo a campanha de amor ao próximo...
Eu acho que nós teríamos um Brasil muito melhor.

Num outro folheto[11], cuja belíssima capa traz uma
tabela de preços da carne verde, assim se lê:

E com esta e mais outras
aqui no solo bahiano
tem faltado carne fresca
para todo gênero humano
e quem mora lá na roça
que não tem a grana grossa
é quem entra pelo cano
[...]
Senhor Presidente Medici
venho a vos agradecer
em nome de todos os velhos
que vieste socorrer
[...]
ou o Vosso Sucessor
aqui faço o meu pedido
sem ser tão merecedor
para eu ter mais alegria
cria uma aposentadoria para todo trovador.

11. *A Baixa e a Tabela da Carne Fresca*, Minelvino Francisco dos Santos,
Itabuna, 15.12.73.

E na *Morte de Doutor Juscelino e Sua Chegada no Céu*[12], perdoando-o apesar de acusá-lo por ter sido rico na terra, faz desfilar uma série de personagens, manifestando a sua admiração por Gregório, o anjo negro de Getúlio Vargas:

Marechal Castelo Branco
logo se apresentou
diante de Juscelino
nos seus pés se ajoelhou
logo ali pediu perdão
por aquela ocasião
que seu mandato cassou.

Coloca então Getúlio a interpelá-lo assim:

Como vai aquela terra
de engano e de ilusão
dá notícia de Lacerda
já mudou de condição
a língua estará menor
ou estará muito maior
para fazer confusão?

Há um outro poeta, Valeriano Félix dos Santos, sergipano que vive na Bahia, em Simões Filho, e que edita um jornal chamado *O Carteiro*[13], órgão de difusão cultural, de que se diz diretor e fundador. Este jornal transcreve

12. *A Morte de Doutor Juscelino e Sua Chegada no Céu*, Minelvino Francisco dos Santos, Itabuna, 21.10.1975.
13. Mereceria um estudo profundo este jornal popular, assim como outros do gênero.

além de notícias ligadas à região os fatos da vida política nacional, demissões de ministros, cartas dos presidentes etc. Este poeta é dos mais próximos do poder constituído. Os seus folhetos são editados por ele mesmo, contando com patrocínio de firmas comerciais e até mesmo da Capemi.

Em *Sublime Amor de Mãe*[14], ele conta a estória de um filho ladrão, expressando-se deste modo:

Infelizmente porém
pouca gente pensa assim
se combate a delinquência
faz pelo lado ruim
obrigando o delinquente
a ser mau até o fim.

Apesar de culpar o jovem por suas atitudes e colocando a virtude e regeneração como proposta, fala:

Foi levado a Pedra Preta
onde o castigo é mortal
um dia fugiu com os outros
escalando o matagal
ampliando a própria fama
de terrível marginal.

E termina colocando em boca da mãe, no conselho ao filho, a seguinte fala:

Se a polícia te procura
ela cumpre o seu dever

14. *O Sublime Amor de Mãe*, Valeriano Félix dos Santos, Simões Filho, s.d.

aceita dela o castigo
sem a nada destorcer
pois ela garante a lei
que te pode defender.

Mas esta passagem que poderia ser considerada como uma incondicional adesão ao poder, revela de fato o conflito existente entre a proposta da justiça falhada enquanto projeto do poeta:

Procura um *bom delegado*
confessa tudo o que sente.

E a resposta do delegado à sinceridade da confissão de Damião é a seguinte:

Eu não acredito nisso
você deve estar maluco
pra recobrar a memória
vou te dar bastante suco
há mandado de prisão
chegado de Pernambuco,

acontecendo então o que seria uma vontade do poeta, no trato com seu personagem:

Mas a polícia ficou
com pena de Damião.

Faço um parênteses para dizer que, ao tratar de combate no folheto maravilhoso, noto o caso especial da introdução da polícia, em seu conceito contemporâneo, em pleno combate medieval, servido por panóplias e apetrechos medievais. O processo que tem feição rústica termina revelando a força desta instituição, como a realidade a que está afeito o poeta narrador. Na vida prática, o que me parece é que estes corpos oficiais são o símbolo do poder reconhecido. Revela-se a contradição nos termos seguintes: são adversários do povo mas representam uma ordem que tem ainda prestígio e poder[15]:

> Para tirar da prisão
> esta linda princesinha
> Já tinha se acabado
> o exército e a marinha
> a volante e a polícia
> outra defesa não tinha.

Voltando ao poeta de Simões Filho, há algumas questões a serem destacadas em outros folhetos seus. Num que se chama *O Preguiçoso*[16], que trata da relação trabalho-preguiça, recorrente em toda uma tradição da cultura popular, assim se exprime:

> Me parece uma doença
> se viver sem fazer nada
> quem não faz calos nas mãos
> termina dando patada
> no mundo nada se vende
> só com conversa fiada.

---

15. Tratei em detalhe do assunto em *Cavalaria em Cordel*, ed. cit., ao interpretar o combate cavaleiresco.

16. *O Preguiçoso*, Valeriano Félix dos Santos, Simões Filho, s.d. A capa é de desenho do autor. Aliás, a sua ilustração é muito original, merecendo um estudo em detalhe.

A contar a *Estória de Diva*[17], uma destas narrativas sobre mulheres virtuosas em infortúnio, deixa registrada a sua queixa. O interessante é que Diva, sua heroína, é representada na capa do folheto por uma fotografia de Clarice Lispector, cuja beleza deve ter impressionado muito o poeta.

> O seu mundo social
> os mendigantes da rua
> os que também comem lixo
> pães ressecos carne crua
> os que dormem no relento
> no roto manto da lua...
> os que vivem na sarjeta
> desafiando o progresso
> desta nação tão imensa
> causando raiva e revolta
> Com sua amarga presença...
> Que cada pessoa pobre
> abandonada e doente
> profana nosso progresso
> Nos insulta e nos desmente
> pois enquanto houver desgraça
> não há riqueza decente.

Ao trazer aqui alguns dados, exemplos de fatos e de questionamentos sobre a posição do poeta popular, quero chamar a atenção para:

1. A importância, curso e vitalidade da literatura popular em verso, que traz a força da tradição e da transfor-

---

17. *A Estória de Diva*, s.l.n.d. Mas, curiosamente, sem aquele elenco de patrocínios.

mação, não apenas sob forma de "cordel", mas para além dele. Há toda uma produção paralela em trovas, sonetos e outros gêneros, que contam muito para a avaliação da produção poética popular. Seria decisivo perceber a diversidade que remete a diferentes autores, locais, condições e relação com os vários públicos, consumidores e patrocinadores. Não se pode esquecer, porém, a unidade que resulta de ser esta uma produção de grupos em circunstâncias sempre desfavoráveis.

2. A consciência do poeta popular, quanto à sua força (que vai sendo conquistada) e alcance. Há um certo orgulho em saber-se matéria-prima para tantas teses universitárias, por estarem sendo conhecidos e estudados aqui e além. Há um certo e justíssimo ressentimento de estarem sendo usados como informantes "voluntários" e não remunerados, para muita gente que vive, organiza projetos universitários às suas custas e o que é pior, transmite informações equivocadas a seu respeito[18]. Sei que estão prontos para gritar, quando da reprodução não remunerada de seus textos e gravuras em nossas obras. No momento, tenho procurado fazer uma avaliação da nossa posição, inclusive do meu próprio trabalho, sentindo necessidade de chamar a atenção para os pontos seguintes:

1. *Os perigos do "teoricismo"*, os passos de querer interpretar esta poética, seus produtores e "ideologia",

---

18. Passo estas informações a partir de observações e de conversas com alguns produtores de folhetos na Bahia. Tive notícia de um capítulo, em livro inédito de Rodolfo Coelho Cavalcanti, sobre a sua relação com os pesquisadores.

como se eles tivessem vivido o mesmo percurso histórico que nós, esperando deles uma coerência que corresponderia a padrões e categorias que não são as suas. Noto que até nas seleções de textos que fazemos, costumamos elidir aquilo que nos desagrada, e assim oferecemos uma visão mutilada de um corpo de produção.

2. *Os desastres da improvisação.* Há como que um derrame de informações, artigos, entrevistas que realmente carecem de uma revisão urgente. A moda do popular, a cordelmania de certa época veiculou uma certa leviandade de produção informativa. Daí a necessidade de se estimularem trabalhos sistemáticos, monográficos, rigorosamente informativos, que revelem convívio e intimidade do autor com a sua pesquisa. A partir destes inventários, estará salvaguardado o respeito pelo mundo da cultura popular (ou de várias culturas populares).

Transmite-nos Roberto Benjamin, com muita razão, uma queixa que passo a transcrever:

A distância que separa os gabinetes de Brasília, Rio e São Paulo dos poetas populares, gráficos que compõem e imprimem, do público consumidor tradicional, vem permitindo generalizações e abstrações sobre os poetas e sua obra, seu público, como se esta manifestação de cultura se apresentasse uniforme e sem variáveis dignas de análise. Tal posicionamento tem permitido considerar uma mesma coisa a obra de um homem que renunciou à sua identidade por uma promessa (João de Cristo Rei) com outro que se ocultou sob o pseudônimo (H. Romeu) para publicar safadezas...[19]

19. "Literatura de Cordel, Produção e Edição no Nordeste Brasileiro", *Comunicação e Classes Subalternas*, São Paulo, Cortez, 1980, p. 105.

Aliás, penso que os dois poderiam conviver em diferentes momentos do mesmo indivíduo.

Tendo recolhido, recentemente, muito material para sistematizar, percebi o quanto está por fazer. Os trabalhos de mapear, recolher, registrar os produtores desta literatura em todo o país, daquela tradicional, da efetiva nova e da circunstancial, de modo crítico e com o recurso de várias disciplinas, o convívio profundo com o tema, o conhecimento de uma retórica e linguagem próprias deverá anteceder, a meu ver, os diagnósticos apressados, que transformam os estudos das chamadas culturas populares numa festa de enganos. E justamente toda esta produção oral/impressa popular, que é uma das mais importantes e intensas manifestações culturais no Brasil, constituindo-se também em documento para a construção de nossa condizente História Social.

5

O Poeta Popular e a Ordem Social II

De Muita Poesia

Continuando a situar a poesia popular no Brasil, que é também a da literatura de folhetos, que por vários motivos passou a ser conhecida como Literatura de Cordel[1], queria chamar a atenção para alguns fatos. A existência de toda uma tradição paralela, de uma poesia popular que não é de cordel. Sonetos, trovas e outras formas de versejar que foram preteridas pela força inegável da tradição, mas também pelas relativas facilidades do folheto. Tão mais difícil, e às vezes impossível editar, ser lido e entendido em livro...

Acho que não seria mal lembrar o seguinte: em Portugal o século XV conheceu toda uma poesia sob a forma de redondilha, e que está, por exemplo, recolhida no *Can-*

---

1. A princípio denominação acadêmica e, em seguida, inseparável de todo um processo, que envolve a relação produtor-consumidor. Hoje, creio que será impossível recusar a denominação já consagrada na força de todo este processo. Cordel, cordelistas, é o que se costuma ouvir dos próprios poetas. Permanece em nós, no entanto, a força do hábito, do receio e a ambiguidade de terminologias em mistura.

cioneiro[2] de Garcia de Resende. A redondilha, o verso do romanceiro, penetrou pelo século XVI afora, época do Renascimento e da importação de novas formas de expressão, dando-se a convivência e a disputa entre a postura conservadora e tradicional, a "medida velha" e a modernizadora, italianizante, a "medida nova". Isto repercutiu no universo da poesia popular produzida no Nordeste do Brasil. São estas medidas que fazem os dois tipos de produção mais constantes da nossa literatura popular/oral em verso.

No folheto predomina o verso setassílabo, a tradicional redondilha dos romanceiros ibéricos, forma tão fácil de reter. Os poetas populares desta tradição nordestina, optando pela redondilha como forma de memória, ritmo natural da língua portuguesa, cultivam, no entanto, outras tradições. E aquela poesia em decassílabos vai ocorrer, em várias modalidades, na cantoria, por exemplo, correspondendo a todo um exercício de destreza[3]. Quanto aos sonetos, canções e outras composições que provêm de outras séries culturais, vão achar espaço na declamação episódica mas constante dos bares ou nas linhas dos jornais populares.

Poesia em Jornal

Esta outra literatura popular, que não é a do folheto, estas formas de expressão poética têm seu espaço num tipo muito especial de jornal popular, de modo geral, liga-

---

2. Garcia de Resende, *Cancioneiro Geral*, Lisboa, Comunicação, 1993.
3. Sebastião Nunes Batista, *Poética Popular no Nordeste*, Rio de Janeiro, Fundação Casa de Rui Barbosa, 1982.

LEITURAS IMEDIATAS ❧ 87

do à força das Associações e das Ordens, bastando que se mencione o seguinte: é neles que se transmite e divulga toda uma poesia, havendo um jornal para abrigar só a Trova[4], com um comparecimento de trovadores (terminologia que pode significar o poeta popular) dos mais diversos pontos do Brasil. Ao tratar destes "jornais de letras" dos grupos populares, seria preciso não esquecer o esforço para editá--los e distribuí-los pelo correio, no Brasil inteiro. A poesia é importante, um exercício indispensável e digno, para estes criadores e para pessoas que, em sua diversidade, formam todo um específico público popular.

Seria ainda preciso levantar a questão seguinte: a da sobrevivência, do ganha pão do dia a dia. A literatura de cordel permite sustentar a família. Quanto ao soneto, à ode, canção ou trova são tentativas não rendosas[5], espécie de exercício deliberado e que, entre outros prazeres, faz possível todo um jogo "acadêmico", um necessário tom de dignidade, que realiza a aproximação das classes "superiores" com suas academias, congressos, suplementos literários e que tais...

A Moda do Cordel

Apesar de ter de sobreviver, de conceder para não perder o ganha pão e conseguir uma indispensável proteção,

---

4. Há espalhados pelo Brasil clubes de trovas, ocorrendo congressos em Espírito Santo, Minas, Bahia etc.
5. Declarou-me Rodolfo Coelho Cavalcanti em recente conversa o seguinte: "O ganha pão é nos folhetos – uma obra que eu escrevo sem ser cordel é gratuita e dá prejuízos".

delineiam-se dois tipos básicos de produtores de folhetos, em determinado momento:

- os que fazem todas as concessões possíveis; e
- os que se preservam, não concedendo senão dentro de certos limites, preferindo até mesmo parar de produzir.

Um exemplo de grande dignidade pessoal é o poeta Jota Barros, pernambucano, radicado em São Paulo, bom poeta e excelente xilógrafo, que vivia destas duas atividades em São Paulo. Ao receber a encomenda de escrever folheto (necessariamente laudatório) para o Secretário de Cultura de São Paulo, consegue o álibi extraordinário de escrever a *História do Povo que Cuida da Secretaria de Cultura*[6], em que passa pela figura do Secretário com respeito, mas aproveita para louvar todo o pessoal que ali trabalha, desde o mais subalterno funcionário.

Enquanto isso há por parte de alguns, e o que é mais relevante, enquanto presidentes de *associações*[7], uma incontida adesão ao poder e toda uma postura que parece merecer discussão.

Vejamos o caso de Gonçalo Gonçalves Bezerra, editor da revista *Brasil Cordel*, de caríssima impressão, e presi-

---

6. *História do Povo que Cuida da Secretaria de Cultura de São Paulo*, Jota Barros, São Paulo, 1982 (em *off set*), 13 páginas.

7. Comecei uma pesquisa, em parte por correspondência, em parte através de visitas e entrevistas, cobrando os estatutos de todas as organizações de Literatura Popular no Brasil. Sabemos que o assunto é muito delicado e que a questão da organização destas sociedades tem vários aspectos: o da proteção à mais diversa escala de organização, de táticas de sobrevivência, mas há também o gosto acadêmico, o direito de poder ter bibliotecas, de poder conferir comendas e diplomas etc. Há questões muito delicadas a envolverem o assunto, principalmente nos últimos anos.

dente da Fenacrepe, fundada nos anos 1980. A princípio fiquei aterrada. Parece até que eu me esquecia de que estava pesquisando e me envolvia em animosidades, pois ele louvava sem parar as autoridades que lhe estavam patrocinando congressos e oferecendo recursos para a realização de encontros e festivais[8]. Como um *leitmotiv*, ele repetia: "O importante é o Cordel, temos que tirar o cordel da marginalidade" e me declarava o seu orgulho de se sentir igual a presidentes, de poder dialogar frente a frente, numa conquista de direitos. Parece-me que há nesta relação um vasto material para estudo sociológico. Não seria apenas, creio, o caso de considerar de um lado heroísmo, de outro, uma cega adesão oportunista, apesar de também o ser.

O fato é também que Gonçalo, crente e espírita, autor de pouquíssimos folhetos[9], mas dono de eloquente e infla-

---

8. Sua poética e ideário se exemplificam a partir de um folheto muito curioso que se chama O *Encontro de Ruy Barbosa com o Rei Salomão do Outro Lado da Vida*. Segundo nos informa Otto Maria Carpeaux (*História da Literatura Ocidental*, Ed. Cruzeiro, s.d., p. 387, vol. A), há toda uma tradição europeia e popular nestas disputas com o Rei Salomão. Um documento dessa literatura, diz ele, é a lenda da origem judaica de Marolf ou Morolf, homem simples mas manso que venceu numa discussão meio erudita o sábio rei Salomão. Cópia da capa do folheto O *Encontro de Rui Barbosa com o Rei-Salomão do Outro Lado da Vida* a que segue a seguinte explicação: Aqui no folheto de Gonçalo, trata-se da disputa de dois sábios em que R. B. diz falar todas as línguas e ser conhecido em toda parte, ao que o rei Salomão lhe responde: "Diploma e título de terra / aqui não vale de nada / qualquer condecoração / é riqueza enferrujada / a lei aqui é severa / somente a verdade impera / *A mentira é condenada*".

9. Folheto editado em Brasília, s.d., 12 p.

mado discurso, respondia nesta ocasião pela Federação de Poetas Cordelistas do Brasil, com sede em Brasília, uma alternativa para a *Ordem* de Rodolfo Coelho Cavalcanti, cuja plataforma é um acordo bem mais discreto com o poder, conforme se viu nos documentos que apresentei antes.

Da Tradição para a Ocasião

No caso da literatura de cordel, não se trata mais daquela antiga poesia de folhetos, produzida inicialmente no Nordeste mas, no momento, e a partir do fenômeno das migrações, do convívio com os mais industrializados centros urbanos. Assim é que se dá o contato permanente da tradição, daquela grande matriz oral com os meios de comunicação de massas, cujos elementos resgatados vão se somando àquela memória.

Uma Literatura Migrante

Com o fenômeno das migrações, esta literatura, apreciada no Sul, passa a ser uma forma de sobrevivência para aquele que se deslocou em busca de uma vida melhor. E vão entrando em conta fatores da mais diversa ordem, desde o ritmo mais acelerado da cidade grande até as impossibilidades materiais mais imediatas, custos de impressão, concorrência com editoras como a Luzeiro e ainda as proibições de vendagem em locais de concentrações de nordestinos. Em São Paulo, os poetas estavam confinados aos espaços por onde transitam a classe média e os curiosos turistas – um caso para pensar.

Um Convívio Acadêmico

Tanto que, nas contracapas de alguns folhetos "independentes", aparece um anúncio do tipo: "Este poeta aceita convites para *shows* em escolas, faculdades e casas de família". Não se pode descartar a introdução deste novo mecenato, a relação constante com o público universitário, com professores, colecionadores etc. Chego às vezes a me perguntar se, muito do que está sendo produzido não será, em grande parte, em razão do sucesso de como é recebido, dos rumos impostos pelas "modas" da crítica universitária.

Volto a insistir, como sempre tenho feito, na grande dificuldade de nivelar a produção desta literatura, como se ela respondesse a um único discurso das classes populares, apesar de todo um lastro comum, em diferentes tempos e espaços – o território da poesia popular, a transmissão da força de uma cultura popular nordestina.

Gostaria, assim, de apresentar alguns documentos, muito diversos entre si e que representam diferentes formas de convívio de diferentes poetas com os meios modernizadores, com os grupos universitários, com o poder oficial, com a grande força da tradição oral.

O Apocalipse Urbano – Raimundo Santa Helena

Conheceria na Feira de São Cristóvão, do Rio de Janeiro, Raimundo Santa Helena, fundador e organizador da Cordelbrás, cujo documento aqui apresentei.

Recebi dele toda uma coleção de folhetos, que para alguns de seus colegas são uma forma de insânia, dizendo

92 · JERUSA PIRES FERREIRA

mesmo alguns deles que ele não é nem "cordelista". Representam, no entanto, um importante documento e toda uma vivência urbana, uma aproximação com os referidos meios de comunicação, com o espaço acadêmico, a cidade grande, em seus descompassos.

Assim, *A Discussão de São Pedro com Nelson Rodrigues*[10], em que São Pedro chama Nelson de tarado em potencial, glosando uma frase do escritor: "Não aceito censura nem de Jesus"; a resposta de Nelson Rodrigues leva a crer que o poeta se sente identificado com esta atitude de rebeldia:

> que eu saiba Deus nunca disse
> que coito é proibido
> E ser contra é burrice
> ou é desejo encolhido.

Há nesta série toda uma coleção digna de um estudo criterioso, que está por ser feito. Em o *Monstro de Piratini*, o filho mata a mãe e lhe arranca o coração, conforme estereótipo do melodrama popular; *Deus Chorando* é um documento histórico, denunciando duzentos buracos negros de uma sociedade que se apoia, segundo o poeta, na exploração do homem pelo homem, transformando a riqueza num paraíso, a classe média num pesadelo e a pobreza numa porcaria. Há um outro, *Filhinhos de Super-*

---

10. *A Discussão de São Pedro com Nelson Rodrigues* – Livreto Q. 1, Rio de Janeiro, 211 / 1.1.1980. Col. Epopeia da Vida; *O Monstro de Piratini* (livreto K 10, R. G. S. 15.7.1980 – *idem*); *Deus Chorando* (livreto R. 1, Rio de Janeiro, 2.11.1980, *idem*).

LEITURAS IMEDIATAS ᴥ 93

mães[11], que tem como subtítulos: *skylab*, racismo, canção do vaqueiro e "to be happy or miserable" [*sic*].

Este conjunto demonstra uma participação simultânea, comunicação imediata, inclusive no ritmo das telecomunicações. Há até títulos, como se viu, em inglês, sendo muito ilustrativa da capa do folheto *Doenças Sexuais*, em que se mostra todo o impasse deste poeta-cidadão urbano, que teve seu pai assassinado por Lampeão, partindo muito cedo do Nordeste à procura de um mundo de justiça e ordem, segundo seus critérios. Não obedece nem de longe à tradicional forma de metrificação da literatura de cordel, é um poeta repórter, como ele mesmo se denomina, à maneira de José Soares, numa mistura de registo de passado e de presente, realmente aturdidor e apocalíptico.

No folheto *Morte da Menina de Campinas*, em que se mistura também a do ator Renato Corte Real e a questão das Malvinas, não lhe escapou à crítica uma reunião de especialistas de Literatura de Cordel:

> Da semana cordelista
> na Pucamp vou citar
> em silêncio vim chorar
> nas gotas do meu cordel
> ...porque nem tudo foi mel
> naquela reunião
> banquete pros professores
> almocei na solidão

11. *Filhinhos de Supermães*, Livreto B. 5, Rio, 1977, Col. Epopeia da Vida; *Morte da Menina de Campinas*, folheto n. 452898-238, São Paulo, 9.5. 82.

eu, Maxado, Jota Barros
nem cachê, kombi nem carros? repente não teve não.

Termina dizendo que as rezas cartesianas [*sic*]

alimentam esperanças
S. B. P. C. promete
não estimular matanças
Ó Deus, São Pedro, Arcanjos
para a seleção dos anjos
não levem nossas crianças.

Uma outra questão muito interessante é a postura de Santa Helena em relação à *Tragédia Aérea no Ceará*, nome e sugestão ao folheto, que aproveita para divulgar a sua posição de defesa do sindicato dos aeronautas, como se pode ver.

O ÚTIL E O AGRADÁVEL

ENÉIAS TAVARES SANTOS

CARTA do SATANÁS a ROBERTO CARLOS

I

"Quero Que Vá Tudo Pro Inferno": Cultura Popular e Indústria Cultural

Há na literatura de folhetos populares, ainda produzida no Brasil e conhecida como de cordel, no repertório do sertão brasileiro, passado por esta literatura de folhetos, uma forma muito especial de tratar conceitos e entidades. É a alegoria. Vem a Carestia, mulher gigantesca, com o chicote na mão; a Inflação, monstro de duas cabeças, é o governo que ri ou chora, é Pobreza com sua Cachorrinha Miséria, responsável pela desolação, desde que o mundo é mundo. Assim, também quando falamos de cultura popular, indústria cultural, apropriação. Só que sem a mesma graça e alcance.

No caso da cultura tradicional nordestina e sua literatura de folhetos não é possível deixar de assumir a expressão cultura popular como uma generalização. Nela se expressam várias culturas populares, em diversos momentos de sua história, desde a conservação engastada no sertão até o auge de uma produção urbana, que faria com que os folhetos fossem conhecidos como arrecifes por causa da capital pernambucana, quando esta produção

98   JERUSA PIRES FERREIRA

se faz quase industrial (refiro-me às grandes tiragens e distribuição por João Martins de Athayde). Depois viria a deslocação, no eixo das migrações para vários centros urbanos brasileiros. Surgiria em São Paulo a editora Prelúdio e depois a Luzeiro, devolvendo aos nordestinos, sob nova roupagem, e com imensas tiragens, seus textos sob vistosa policromia.

É, por exemplo, impossível entender este universo, para além de um conhecimento prático, sem passar por questões da Antropologia, pela Sociologia das culturas populares, na aproximação de questões referentes à classe social, história econômica e sistema de produção de que provém. Por isso não seria aqui descabida a sistematização que faz, a partir de Marx, Darci Ribeiro[1], chamando de sistema adaptativo ao conjunto que provê os modos de reprodução das condições materiais de existência, e daí que me parece inoportuna a colocação "Cultura Popular – as Apropriações da Indústria Cultural", pois se trata de fato de um complexo processo a ser acompanhado.

Ao tratar do assunto nestes termos, impõe-se um questionamento sobre um outro conceito, que também serve para cobrir muita coisa e explicar muito pouco. É o Folclore, palavra que em determinada época veio substituir a expressão antiguidades populares, conforme nos informa Van Gennep, em anos bem recuados[2]. Já ele fala que a indústria moderna é um fator de desagregação, e mesmo

---

1. Darci Ribeiro, *Os Brasileiros: Teoria do Brasil*, Petrópolis, Vozes, 1981.
2. Arnold Van Gennep, *O Folclore*, trad. Pinto de Aguiar, Salvador, Livraria Progresso, 1950 (Coleção Estudos Folclóricos).

às vezes de destruição da vida popular, e sobretudo de certas atividades populares de ordem, ao mesmo tempo prática e estética. Por aquela altura (1920) fala de massa e das questões da relação entre ela e o indivíduo. Levanta o interessante problema do folclore e seus limites, quando da introdução de importantes transformações sociais.

Muitas vezes Folclore é sinônimo de Cultura Popular, em outras ela quer significar um tipo tradicional de Cultura Popular ou é simplesmente rejeitada e substituída por esta. Assim, também parece que Carlos Rodrigues Brandão, pesquisador de conceitos tão claros, ao definir Folclore, passeia o tempo todo por esta dificuldade conceitual[3].

Na literatura de estudos do mundo socialista, e em especial o soviético, o termo folclore não é desprestigiado nem tornado pitoresco[4]. Tem havido até agora uma certa respeitabilidade em torno de um rótulo, que se refere a um conhecimento de matrizes culturais, de realidades étnicas e regionais, e que não estão sujeitos à força avassaladora da indústria cultural, apesar da relação permanente com os valores da hegemonia oficial. Há escolas tradicionais de investigação, uma grande quantidade de estudos teóricos, de que é exemplo o extraordinário trabalho de Propp. Assim *Édipo à Luz do Folclore*[5].

---

3. Carlos Rodrigues Brandão, *O Que É Folclore*, São Paulo, Brasiliense, 1982 (Coleção Primeiros Passos).
4. Boris Schnaiderman, "Prefácio à Edição Brasileira de *Morfologia do Conto Maravilhoso* de Vladímir Propp, Rio de Janeiro, Forense, 1984.
5. Vladímir Propp, *Édipo à Luz do Folclore*, trad. Antônio da Silva Lopes, Lisboa, Veja, 1980

Uma outra coisa se passa nos Estados Unidos da América, onde o termo Cultura Popular significa, como aliás, no mundo anglo-saxônico, Cultura de Massas. Então a cultura tradicional específica do mundo rural recebe o nome de *folk*, conforme desenvolvimento da antropologia funcionalista. Recorrem-se aos instrumentos da etnografia, da análise simbólica e reúnem-se como estudos de Folclore análises de aspectos estruturais ou funcionais de culturas estudadas[6].

No Brasil, houve importantíssimas contribuições de recolha e sistematização de nossas culturas populares, desde Sílvio Romero, passando por João Ribeiro, Basílio de Magalhães e chegando a alguns de nossos folcloristas mais conhecidos, alguns deles responsáveis por levantamentos verdadeiramente braçais de dados empíricos, que muito contam para a interpretação da sociedade brasileira. Parecem-nos extraordinárias as contribuições de Amadeu Amaral e a simplicidade e a agudeza das reflexões trazidas por Elias Xidieh.

Alguns outros...

O que se coloca, no entanto, agora é o impasse de trabalhar com o conceito. Impõe-se aqui a atitude de consciência política, de se estar lidando com produção de grupos sociais sujeitos à subalternidade, à máquina poderosa do capitalismo que os exaure, à comunicação de massas que produz sem cessar novos feitos, fazendo com que se processem sempre novas informações, forçando

---

6. Cf., por exemplo, o *Journal of American Folcklore*.

a uma contínua reinterpretação dos repertórios tradicionais. Não dá para deixar de pensar numa interação permanente, numa modernização caótica e, aí sim, há uma apropriação, quando se pretende tornar Folclore a cultura das classes populares.

Num ensaio de Alejo Carpentier[7], reunido entre outros com o nome de *Literatura e Consciência Política na América Latina*, ele começa dizendo que folclore na América Latina "é uma palavra que deve ser pronunciada com um tom grave e fervoroso" e chama a atenção para uma espécie de raciocínio "roupavelheiro": "É preciso retornar às fontes do folclore". Fala que há países em que se alimenta um interrogatório fictício, à base de interrogatórios impostos a informantes muito velhos, cuja memória conserva ainda alguma copla de outros tempos, ou o que é pior, pretende-se manter um folclore campesino onde a industrialização intensa, a formação de comunidades tecnificadas torna absurda a palavra folclore. Em Portugal, depois de muitos anos de fascismo, em que se tentou por todos os meios esmagar as culturas populares, oferecendo-se a resposta de um folclorismo barato de cantos e trajes típicos, surgiria a partir de 1974 um movimento impressionante de despertar para as produções populares. Organizaram-se centros de cultura popular, estimulando-se a participação e colhendo-se a criação popular, uma espécie de "arqueologia geral" e procura

---

7. Alejo Carpentier, *Literatura e Consciência Política na América Latina*, São Paulo, Global, 1979.

de um "ser", que ficou à mercê das intempéries por tanto tempo. Ouviram-se décimas, editaram-se textos de poetas populares, antologias e ricos depoimentos sobre as culturas das diversas regiões portuguesas.

Ao falar de culturas populares, tem-se presente a noção de produção material e simbólica, que resulta de condições próprias, de práticas cotidianas, de modos de viver, de condições socioeconômicas, que vão propiciando a conservação ou a renovação dos repertórios. Ressalto então a importância de um estudo como o de Néstor García Canclini[8]. Em *As Culturas Populares no Capitalismo* ele lembra que, sob o nome de Cultura, se rotulam todas as instâncias e modelos de comportamento de uma formação social. Criticando a antropologia tradicional diz que se tem estudado a organização econômica, as relações sociais, as estruturas mentais e artísticas, sem construir uma hierarquia que leve em conta o peso de cada uma. Eu lembraria apenas que esta hierarquia vai também depender do enfoque dado, e que é possível variá-lo. Estou de acordo com ele, quando diz que não podemos esquecer que a produção espiritual, a visão do mundo de certos grupos se prende às condições de vida material. As críticas que lhe faço, refere-se à ortodoxia de proposta metodológica; é quanto a ele admitir que outros métodos não levam a nada. Por exemplo, acho que o funcionalismo abriu para nós fecundos caminhos, em direção ao conhe-

---

8. Néstor García Canclini, *Culturas Populares e Capitalismo*, São Paulo, Brasiliense, 1983.

LEITURAS IMEDIATAS ✑ 103

cimento social e que cada nova aproximação vai deixando seu húmus, mesmo quando seja preciso retroceder.

Quanto à industria cultural e ao contato com as classes populares acho muito próprio o termo interação conflitiva. Mas é Jesús Martín Barbero[9] que nos vai sugerir um outro aspecto desta interação. Quando sugere, por exemplo, que o massivo se gerou lentamente desde o popular. Chegou-me às mãos um trabalho de Manolo Morán[10] em que, ao falar de editoração da informação na televisão, seleciona as principais fontes de interesse dos jornais televisivos. Curioso é que percorrendo o elenco pude quase transportá-lo diretamente ao universo da literatura popular de folhetos. Os folhetos de acontecido são aqueles que cumprem função jornalística, são aqueles que vivenciam o tempo concreto e assim, tanto para esta forma de comunicação popular quanto para a tevê, ficam valendo as fontes de interesse arroladas por Morán: fatos extraordinários; fatos ligados a personalidades; personagens carismáticos; acontecimentos estranhos; conflitos pessoais; grupais; internacionais etc.

Apesar, entretanto, das coincidências e dos pontos de contato, parece importante destacar aqui um ponto, um achado muito simples e que não tenho conseguido dispensar desde a leitura de um trabalho de Mário Pedrosa[11]. É

9. Tenho tido acesso a inteligentes trabalhos deste autor. Destaco "Memória Narrativa e Indústria Cultural", *Rev. Comunicación y Cultura*, n. 10, México, agosto de 1983, aliás, este número da revista citada é indispensável no curso destas reflexões.

10. Manolo Morán, Interessante trabalho sobre Edição e Tevê, datilografado.

11. Mário Pedrosa, "Arte Culta e Arte Popular", *Arte em Revista*, n. 3, São Paulo, Kairós, 1980, Questão Popular. Este é também um indispensável

que *popular* só existe por oposição a *não popular* e que o conceito de classe social determina a existência de uma arte popular, sendo a sua um tipo especial de organização. Cabe aqui também, e na mesma medida, a afirmação de Alberto Cirese[12] de que fato popular é a sua relação com o não popular. E assim creio que esta reflexão pode ser acrescentada da especificidade de cada "popular" e de como em certos grupos ele é compartido, enquanto gosto e tendência geral. É o caso da cultura tradicional nordestina.

No estudo fundamental *Cultura Popular e Cultura das Elites na França*, Muchembled[13] constata o esfacelamento e a repressão que teriam atingido a cultura popular, quebrada por uma revolução cultural de grande amplitude entre o fim da Idade Média e a época contemporânea, ficando dela alguns traços. Não diria que é tanto assim. Chama a atenção para Cultura Popular, termo suficientemente vago para necessitar de uma definição delimitada, organizando-se em torno de dois eixos fundamentais: pensamento e ação. É muito oportuno o repertório de tipos de comportamentos específicos e, face à vida e seus problemas, tudo o que ele descreve e repertoria, acompanhando a coerência interna de uma visão de mundo

---

instrumento de trabalho. Destaco ainda os estudos sobre literatura de folhetos de Antônio Augusto Arantes e Mauro Almeida. E, além disso, discussão sobre Cultura por Ferreira Gullar.

12. Alberto Cirese, "Cultura Popular, Cultura Obrera y lo Elementalmente Humano", *Rev. Comunicación y Cultura*, n. 10, México, agosto de 1983.

13. R. Muchembled, *Culture Populaire et Culture des Elites*, Paris, Flamarion, 1978.

peculiar às classes populares. Isto nos leva a um outro assunto, aquela apontada alegorização inicial, o falar-se de Apropriação, de Destruição, dos meios de comunicação de massa como responsáveis pela desfiguração do popular. É inegável o seu poder, mas são o sistema de produção, os mecanismos socioeconômicos e as condições de vida que vão gerar outras situações e necessidades culturais. É a partir desta prática que nascem outras práticas, que vai sendo feita a leitura e reinterpretação dos meios massivos. "Importante é construir uma outra realidade", como diria Lina Bardi[14]. Por isso ainda que algumas das questões trazidas por Gramsci continuam tão válidas. É mesmo o caso de viver o Folclore para superá-lo.

No Caso da Literatura de Folhetos

Esteve sempre presente, entre outras, esta interação. A dos novos meios e a de um saber tradicional. Assim o rádio, suas informações, novelas, de que é exemplo o melodrama de Albertinho Limonta, ou *Elzira, a Morta Virgem*. Os almanaques, as brochuras de estórias infantis, os folhetins, como se sabe, tiveram um enorme papel na criação popular, e por sua vez foram produzidos para atender às suas expectativas. O cinema, uma novidade, exerceu fortíssima atração e estão aí para comprová-lo muitos folhetos versando filmes históricos, tipo *Sansão e Dalila, Joana D'Arc*, que formam uma vasta iconografia,

14. Lina Bardi, Folheto da Exposição *Caipiras, Capiaus, Pau a Pique*, São Paulo, 1984.

106 ❧ JERUSA PIRES FERREIRA

que vai das figuras de Hollywood às ilustrações que as repetem. Depois viria a força avassaladora da tevê e seus novos mitos. E o mesmo participante das práticas culturais mais tradicionais está aberto a meios modernizadores. Assim o *break* é dançado nas cidades e no campo, por algum jovem que pode até, ao mesmo tempo, participar de folguedos populares, os mais tradicionais. Possivelmente, Michael Jackson está na fila para virar herói destas histórias, contando-se com um certo prazo de que necessita o mito para firmar-se. Tanto esta literatura de folhetos como a cantoria estão sujeitos a uma modernização e visam a ocupar um lugar na Indústria Cultural. Aspira-se ser outra coisa, ter acesso aos modernos meios, ter direito a uma identidade que se reforça nos antigos valores, mas que se renova, procurando participar do processo global. Veja-se o caso desta literatura de folhetos populares que sempre pretendeu, à sua escala e dentro de suas possibilidades, tendo acesso apenas a tecnologias obsoletas e descartadas, ser um produto industrial. Daí que, segundo o livro de Muchembled, e encontrando uma série de coincidências entre a França de então e este Brasil, não dá sequer para pensar o esquema francês para cá.

São outros padrões de um povo colonizado, que passa por várias, sucessivas e diferentes formas de escravidão, que se obriga a um êxodo, à migração, e que eletronizado antes da alfabetização, incorpora e resgata na sua prática de memória, na "geleia geral", estórias de princesas, aventuras de Carlos Magno, que recebe os capítulos da Abril Cultural e cria uma pombajira da umbanda sob a encarnação do *Nascimento de Vênus* de Boticelli. Assim, Erotildes Miranda dos Santos, o poeta de Feira de Santana, ao recortar fotos de revistas como *Festa* e *Playboy*, adapta-as às capas de seus folhetos, recompõe, ajustando-as a um texto deliciosamente moralizador.

No Bar Hot Ice em São Paulo, na rua Augusta, num salão onde se dá a cantoria nordestina, surge então Coriolano, vestido à última moda, um jovem da cidade de São Paulo, eu diria, e de repente, na viola e na entonação, séculos de uma ancestralidade roufenha e arabizante.

A Carta de Satanás a Roberto Carlos

Destaquei para leitura a Carta escrita por Eneias Tavares Santos, e um folheto que se tornou um clássico no gênero, contando já com mais de duzentos mil exemplares vendidos, o que, em termos de poesia seria inviável pensar. É um constante *best-seller* da área. Publicado pela editora Luzeiro de São Paulo, o seu autor é um daqueles depositários de forte sabedoria. Assim suas estórias de encantamento, seu Trancoso está cheio de reflexões sobre o tempo social, com a graça que têm os verdadeiros poetas populares (e digo assim diante de tanta mistificação).

A conversa que estabelece com o cantor faz passar toda uma discussão sobre cultura em processo de modernização, mas é sobretudo uma oportunidade para forte denúncia sobre os problemas que afligem as populações pobres, e aí se inclui Satanás deserdado dos deuses, dos manjares e das bem-aventuranças.

O autor se dirige ao cantor, pela voz de Satanás, desde o Inferno, corte das trevas e assim inicia: "Meu grande amigo Roberto", protestando em seguida, quanto ao envio de tanta gente ao inferno, humano e realista.

Pois minha situação
Não está de brincadeira
Não há safra nem dinheiro
Só existe é quebradeira.

Fala do disco, do sucesso da gravação, que aprecia e incorpora mas sobretudo da crise em que se encontra:

Tenha de mim piedade
pare com esta canção
Deixe esse povo lá mesmo
que a terra tem expansão
Porque aqui no inferno
tem gente até no portão
Pois aqui não tenho mais
comida nem aposento
Tem trinta e duas mil almas
só em um apartamento.

Processa então uma crítica moralizadora, que confronta os costumes do sertão aos da cidade, e também aqueles que fazem parte do dia a dia. Moça nua, homem que bate em mulher, ladrão, e mais, aproveita para fazer a crítica de sua vida e profissão, havendo aí uma profunda identificação do poeta com o remetente da carta, e a menção das dificuldades de sobrevivência:

dos apertos desse inferno
quem sabe mesmo sou eu.

Interessante é que no apelo final, pede ao amigo Roberto que "acabe essa gravação". Note-se que não se refere à canção ou modinha, é mesmo a gravação (em disco). Porque com toda esta gente vindo aqui "não há Satanás que aguente".

O fato é que, em tom jocoso, faz passar as suas inquietações, as de sua classe social em seu espaço próprio, no convívio com os novos mitos (o folheto foi escrito na década de 1960) com as novas modas trazidas pela Indústria Cultural. Note-se, porém, que o impasse não está na adaptação aos meios modernos, mas na dificuldade de receber e alimentar tantas bocas.

Tudo isto me faz acreditar que as culturas populares vivem o seu processo retardado e aflitivo de adaptação das culturas emergentes, no impacto de uma modernização caótica, conservando porém núcleos fundamentais.

2

O Útil e o Agradável: Preceito em "Romance" de Cordel

A ficção tem estado a serviço da edificação moral. O lugar do preceito. Sua função conservadora e a presença, no folheto de cordel, de um veio renovador.

Nossa vida é passageira
Aqui na terra de veras
E o relógio do tempo
É quem marca as primaveras
Pois esse adágio perfeito
Já vem de remotas eras[1].

Vem de muito longe, dos mais antigos poemas épicos, a conjunção do ensinar com o divertir, de estória fabulosa, com o exemplo prático e a prédica, em articulação com outros elementos, como tempo/espaço. Várias são as razões para se entremear de provérbios e reflexões conclusivas a estória que se narra, podendo-se basicamente assim dispor:

1. Antonio Alves da Silva, *O Amor de um Príncipe Valente*, Salvador, Tipografia e Livraria Bahiana, s.d., 16 p., p. 1

Resposta às necessidades de determinado grupo social, que requer e solicita o ensinamento; e ação do próprio fazer artístico, em suas implicações internas, e em relação com um público.

A ficção tem estado, portanto, sob o respaldo da utilidade e os propósitos de edificação moral, recheando-se, explicitamente, de vários tipos de preceitos.

Ocorre, por sua vez, uma dinâmica no sentido inverso, quando os ensinamentos e livros de moral necessitavam do apoio de ficção, de seus heróis, recursos alegóricos etc. Caminharam sempre juntos a imaginação que urdia e transferia temas, mitos e o ensinamento moral, com os recursos da retórica.

Na Idade Média, como se sabe, o procedimento se intensificou nas exigências de um mundo voltado sobre si mesmo. Funcionaram os poemas como instrumentos de propaganda social e meios de educação, quando cada personagem servia de lição. O narrar estórias era, em si, tão perigoso quanto o criar coisas novas, um exercício incompatível com as coisas sérias. Pretendia o autor fazer-se passar por um tesouro, no sentido enciclopédico, de conhecimento e de sabedoria, tendo a função de transmitir para um determinado grupo que, em princípio e por princípios, dominava e aceitava o código dos ensinamentos. Contava-se com a força de um repertório proveniente dos *Moralium Dogma*[2], reunião de lugares comuns, que foram

---

2. Ernst Robert Curtius, *Literatura Europea y Edad Media Latina*, México, Fondo de Cultura Económica, 1955, vol. 1, p. 92.

incorporados. Seria difícil apontar onde eles começam, mas possível acompanhar sua transformação pelo Renascimento adiante, querendo tomar forma de doutrina, pretendendo-se um corpo de pensamento.

Por curiosidade, resolvi transcrever o verbete de um dicionário do século passado, que, a seu modo, sistematiza o assunto, ilustração dos vários tipos de preceitos, codificados pelo uso da retórica, e que mantém uma intensa atuação didática no território da cultura popular; estão presentes na cultura dos doutos e na dos simples, passando sob outras embalagens às frases feitas e *slogans* de comunicação de massas: sentença, princípio, máxima, apotegma, provérbio, adágio, rifão, ditado, parêmia, aforismo.

Chama-se *sentença* qualquer reflexão profunda e luminosa, cuja verdade se funda no raciocínio ou na experiência. Se é puramente especulativa, chama-se *princípio*; se se dirige à prática, toma o nome de *máxima*; se o dito sentencioso não é do mesmo que fala, senão tomado de algum outro modo, diz-se *apotegma*; se é vulgar, *provérbio, adágio* ou *rifão*.

Estes três últimos, que frequentemente se confundem, diferenciam-se em que o *adágio* é mais vulgar que o *provérbio* e duma moral menos austera, e que o *rifão* dá sempre a instrução por meio de alguma alegoria ou metáfora. Além disso, o *provérbio* é grave e seco; o *adágio* singelo e claro; o *rifão* agudo e chistoso, e muitas vezes num estilo baixo. Em rigor, todo rifão e adágio são provérbios; porém, não falaria com propriedade o que chamasse de adágios ou rifões aos provérbios de Salomão.

Ditado é a voz popular que diz o mesmo que *adágio* mas indica talvez moralidade particular ou alguns desses conselhos vulgares, fundados na experiência, que são a sabedoria do povo. *Parêmia* é palavra grega, *paroímia*, pouco usada em nossa língua, que significa *provérbio* ou sentença vulgar, e como tal a usou Vieira dizendo: "E daqui nasceu aquela, ou provérbio: que o céu era para Deus e a terra para os homens".

Aforismo é também palavra grega, *aphorismós*, e significa sentença breve e doutrinal, *máxima* geral[3].

No universo do romance de cavalaria, o uso e a proporção de um corpo de preceitos e de formas sentenciosas passa a ser um elemento que permite identificar e diferenciar os diversos tipos destas novelas. Em trabalho que denominei "Os Sermonários do Diabo"[4], tentei ver em que medida a estória narrada se faz entremear, balancear, travar e equilibrar por um conjunto de máximas, tendo em vista uma experiência de pensamento, uma pragmática e uma didática.

Estes ditos, ensinamentos, entre outras funções, tinham a de burlar a censura, que tanto perseguia as andanças da fantasia.

3. J. I. Roquete e José da Fonseca, *Dicionário dos Sinônimos Poéticos e Epítetos da Língua Portuguesa*, Paris, Aillaud et Bertrand, s. d.
4. Jerusa Pires Ferreira, "Os Sermonários do Diabo ou as Novelas de Cavalaria", *Forma e Ciência*, São Paulo, Educ, 1995. Chamei anteriormente de *O Tapete Preceptivo do Palmeirim de Inglaterra*, levando em conta a trama de preceitos. Estas obras eram consideradas falsos sermões, perigosas por tentar dissimular, segundo os censores, heterodoxias e desvarios.

No "romance" nordestino de cordel, nas estórias de encantamento, herdeiros de toda uma tradição, será também indispensável interpretar este corpo de ditos sentenciosos como um componente inseparável do relato, a ser visto junto com a ação e não como possível desvio do modelo narrativo, como se poderia concluir a partir de uma aplicação errônea do esquema de Propp. Aproximam-se então os folhetos daqueles antigos livros de cavalarias, que cumpriam a função de divertir e ensinar, preencher as horas e alimentar a imaginação. Aqui e lá a cogitação conclusiva em que as considerações moralizantes fazem contraponto com as proezas e valentias do cavaleiro andante ou do "valente".

A cultura popular, no seu exercício de conservação, foi o campo exato para guardar e transmitir sob forma direta estes ensinamentos. Lembra-nos, por exemplo, Hoggart[5], ao tratar de arte popular, o gosto pelas lições de moral, apontando a força que têm no mundo operário contemporâneo da Inglaterra as palavras vergonha, pecado, falta, utilizadas em seu sentido pleno.

No sertão brasileiro, como na Idade Média europeia, pode-se falar de um procedimento conservador, tendo várias funções o persuasivo do exemplo moral, reflexo de um mundo de certo modo estável, no "equilíbrio estagnado" de suas próprias leis sociais. Também, no caso do folheto, há a razão de justificar os mistérios da fantasia e da criação, da repetição de lendas depositadas, procurando-se garantir autoridade ao que se diz.

5. Richard Hoggart, *La Culture du Pauvre*, Paris, Minuit, 1970.

116 JERUSA PIRES FERREIRA

O didático das formas de comunicação oral, aquele que se guarda pela força do hábito e da tradição oral, deixa-se atrair pelas formas escritas da tópica e da oratória, em seu tom de prédica culta, e termina por retratar o jogo duplo em que se situa a cultura popular. Há como que a necessidade do selo conclusivo da cultura letrada, o tom de doutrina e sapiência, já utilizado e consagrado no aforismo, e a tendência de se recorrer aos ditos mais simples, à sabedoria de todos, ao repertório geral, informação e reconhecimento.

Para melhor situar os preceitos e ditos moralizantes na literatura de cordel, tomei como ponto de partida o "Mundo Provérbio", de Antonio Candido[6], deslocando, quando necessário, a questão. Ele vê o lugar-comum, a repetição, o provérbio, na obra que analisa, como modos de petrificação: "No mundo fechado o discurso vai assumindo um cunho regular, que provoca a recorrência e dá um ar de meio rifão às expressões marcantes". Chama a atenção para o fato de, no limite, o dito proverbial revestir-se de um caráter frequentemente religioso de sentença e de oráculo, quase razão, "que se dá um travejamento poderoso de estilo, que permite falar em fixidez, fechamento, aludindo a um código petrificado e a uma *ideologia eternizada*".

Partindo do fato de que a reflexão de tipo aforismático ou proverbial, repetida e herdada, pode estar em outras como nesta literatura popular nordestina, por motivos

---

6. Antonio Candido, "Mundo Provérbio", *Língua e Literatura* (USP), São Paulo, 1972, p. 93.

internos e externos à composição da obra, retomaria os seguintes pontos: o processo de construção do texto, a operação estilística, e a significação ideológica e o alcance de tal procedimento.

Começando pelo "travejamento estilístico", de que nos fala Antonio Candido, seria preciso atentar para a função textual do preceito. Goethe e Schiller[7] chamavam de "retardador" ao avanço e retrocesso da ação por meio de interpolações que, entre outras coisas, teriam o papel de amenizar tensões.

Falando-nos da supressão dos provérbios, no remanejamento do verso para prosa dos velhos romances medievais, por parte dos copistas, Doutrepont[8] deixa claro que isto ocorre porque eles não teriam em prosa a mesma razão de ser, como no verso, onde funcionam para marcar uma pequena pausa ou para conduzir o leitor a uma nova tirada.

Greimas tem uma observação que me parece muito importante quando se pensa no manejo de ditos e reflexões em literatura popular. É o fato destas expressões se distinguirem nitidamente do conjunto, seja da cadeia linguística, pela diferença de entonação. Ter-se-ia, segundo ele, a impressão de que o locutor abandona necessariamente sua voz, e toma outra de empréstimo, para proferir algo que está citando. No caso da literatura popular em verso, no folheto, a intercalação de ditos e preceitos denota a

---

7. Erich Auerbach, *Mimesis: La Realidad en la Literatura*, México, Fondo de Cultura Económica, 1950, p. 11.

8. Georges Doutrepont, *Les Mises en Prose des Épopées et des Romans Chévalresques du XIVᵉ au XVIᵉ Siècle*, Genève, Slatkine, 1969, p. 586.

mobilidade de evitar a monotonia do relato corrente, de fazer as pausas necessárias, as instruções devidas[9].

Poderia ser muito esclarecedor o registro magnetofônico das leituras desses poemas por leitores populares, ou ouvi-los repetidos, memorizados e lidos por poetas de cordel, para conferir a afirmação. Para isso, que nos dera estar:

Às oito horas da noite
sentado tudo no salão
ouvindo um velho afamado
contar histórias bonitas
de príncipe e reino encantado[10].

Quanto ao sentido dessa presença proverbial, e ao pensar em fenômeno que reflete o social, em *petrificação* e *fechamento*, símbolo de um mundo não renovado, há no caso do folheto de cordel, algo para além da "ideologia eternizada". É que, através desses ditos estratificados, tantas vezes repeti-

---

9. Julien A. Greimas, *Du Sens: Essais Semiotique*, Paris, Seuil, 1970, 314 p.
10. I. Joaquim Batista de Sena, *Estória de João Mimoso* ou *O Castelo Maldito*, Juazeiro, ed. Manuel Caboclo da Silva, s.d., 32 p., p. 1. • II. *Estória de João Mimoso* ou *O Castelo Maldito*; Joaquim Batista de Sena, editor Manoel Caboclo da Silva, Juazeiro, s.d., 32 p. • III. *A Ilha Misteriosa* ou *A Coragem de Solon*, Manoel de Almeida Filho, Luzeiro, São Paulo, s.d., 32 p. • IV. *O Príncipe Oscar e a Rainha das Águas*, s.a., editor José Bernardo da Silva, Juazeiro, s.d., 32 p. • V. *Estória de João Mimoso* (ed. cit.) VI. *Os Heróis do Amor* ou *Magomante e Lindalva*, Teodoro Ferraz, editor filhos de José Bernardo da Silva, Juazeiro do Norte, 29.5.1975. • VII. *Os Heróis do Amor...* (ed. cit.) • VIII. *A Princesa Sem Coração* / história da/, João Martins de Athayde, Recife, s.ed., outubro de 1937. • IX. *O Pai que Quis Casar com a Filha*, Manoel d'Almeida Filho, editor Tipografia e Livraria Bahiana, Salvador, s.d., 16 p. (um folheto moralizante).

dos e estabilizados pela força da tradição, muitas vezes nasce um veio renovador e ocorre justamente o contrário de uma estagnação. A tópica, o provérbio, o recurso do muitas vezes repetido pode veicular um caráter de protesto, de renovação e não o de imobilidade, repetição e conformismo social.

Vários recursos da antiga retórica são aqui utilizados, como introdução ou comentário intermediário, no corpo da estória, destacando-se entre outros, como o da fugacidade do tempo, o do *teatrus mundi*, a que o poeta dá o seguinte tratamento, em meio à sua estória de fantasias de princesas e encantamentos.

> Este mundo representa
> Um teatro em nossa vida
> Enquanto o povo sofre
> Goza o Capitalista
> Enquanto um luta na vida
> Com trabalho e sacrifício
> O outro arranja fácil
> sem enfrentar precipício
> enquanto um faz a comédia
> o outro dá o início (IV, p. 1).

Ou a transferência do aparato moralístico dos livros doutrinários:

> Orgulho, filho das trevas
> E pai da impiedade
> É irmão gêmeo do ódio
> Os quais germinam a maldade
> Todos estes se reúnem
> Para combater a verdade

120 ✑ JERUSA PIRES FERREIRA

Esta questão abstrata
Já vem de antigamente
A mentira combatendo
A verdade seriamente
Não vence mas já tem feito
Muitos sofrerem inocente (p. 1).

Ou o tipo de prédica, que assim se realiza, como um conselho:

Segues pelo mundo afora
Procuras fazer o bem
No mundo a qualquer vivente
Não mais procurar a quem
Pois não se sabe de onde
A felicidade vem (p. 5).

E ainda a conservação de um tom, que provém dos *exemplos*, pequenos autos com finalidade moral:

Meu pai responde o moço
Nada me impede a verdade
Manda o santo sacramento
Que se faça caridade
O brazão não salva o homem
O dinheiro não é vaidade (II, p. 8).

Acontecem também tiradas, que são a mais direta herança da tradição do sermão barroco, desse tipo de discurso, transmitido pela prática religiosa, pelos exercícios de retórica dos seminários e pela própria expressão da retórica infiltrada na dicção nordestina, no trânsito permanente entre o erudito e o popular:

Ouro, trono, prata e cobre
trens, navios, portos e cais
reinos, terras e habitações
luxos, armas, cabedais,
carne, joias, bois, cavalos
tudo é terra e nada mais (p. 8).

Um só momento de amor
O mundo em ouro não paga (III, p. 40).

Ao ler e estudar minuciosamente um folheto de encantamento de João Martins de Athayde, procurei levantar os ditos e sentenças ali contidos. Observei, por exemplo, a presença de um tipo de reflexão introdutória, que está no décimo canto de *Os Lusíadas*, quando da discussão da máquina do mundo (Canto X, 1963, p. 248):

É Deus; mas o que é Deus, ninguém o entende
Que a tanto o engenho humano não se estende.

Aqui, no folheto nordestino, assim se lê:

Tudo no mundo é possível
E fácil de acontecer
Tudo pára sobre um ponto
Que não se pode entender
É Deus somente que pode
O mistério conhecer (IV).

Tem aqui lugar, como um grande número de folhetos, a tópica da Fortuna Inconstante, da roda que revolve sem cessar:

Ninguém confie na sorte
Pois ela dá, nega e tira (v, p. 26).

Assim também a força do destino, que, juntamente com a figura da Fortuna, tem amplo prestígio na alegoria medieval: O destino pode e manda na vida da criatura. E o importante é que estes apotegmas, que já estão gravados na memória popular, estão transmitidos aqui, com a força de conduzir a trama da estória. São postos em boca de mulher, na fala da bruxa que é a máquina do relato.

Está ainda presente o tom de prédica e de desencanto, que vem do uso da simbologia do sermão barroco, correspondente no "fatalismo popular" ou sendo, em parte, responsável por ele.

Que se pode conceber
Neste mundo de ilusão
É feliz a criatura
Que nasce sem coração (vi, p. 34).

Finalmente o discurso do pássaro herói, num tom solene, que se adapta ao clima proposto pela sua figura:

Amigo a felicidade
É fugaz e passageira
A vida toda consiste
Numa ambição traiçoeira
Tudo neste mundo tem
Sua hora derradeira (vii, p. 38).

No folheto, o poeta usou o registro elevado e aquele que considerou digno para sua estória de encantamento, uma espécie de prática sublime. Não aparecem ditos do jargão popular, como em outros provérbios ou adaptações de aforismos à paródia. Desenvolve-se uma preceptiva que quer conferir um tom "solene e filosófico" ao saber do poeta.

Pensando em como a tradição oferece um procedimento repetido e, de certo modo, estabilizador, é preciso percorrer uma grande quantidade de folhetos, que em si têm grandes diferenças, mas que apresentam uma incrível unidade. Vê-se então que, na repetição destas fórmulas feitas, comparece a inovação, através de vivências e problemas relativos a um grupo social aí presente.

Aqui, caberia juntar à nossa a opinião de Ferreira Gullar[11], de que o aforismo é instrumento de conservação como de mudança social. Há nesses ditos e sentenças a força estável que fala de um mundo fechado e não renovado, mas que é às vezes porta de renovação para uma ideologia que aqui não se oferece como eternizada.

Reforçam-se então os vínculos entre o popular e o erudito, a finalidade e o comprometimento de uma poética com uma prática, de ligações que sempre se acrescentam quando do ouvir, dizer, repetir, escrever, tornar a dizer e contar...

O mundo não tem mais jeito
Segundo o que me parece
Cada dia que se passa,
Somente a miséria cresce
Mas por decreto de Deus
Só se paga o que merece (VIII, p. 1).

11. Ferreira Gullar, "Cultura Posta em Questão", *Arte em Revista*, n. 3 (Questão o Que É Popular), São Paulo, 1980, pp. 83-87.

3

A Propósito de Leandro Gomes de Barros

A literatura de folhetos guarda e transmite, entre outros aspectos, a dimensão épica que através dos folhetos do cangaço ou dos ciclos narrativos das histórias de Carlos Magno, por exemplo, passa a significar um dos pilares fundadores de nossa cultura. E não apenas a que chamamos de popular.

Neste conjunto, Leandro Gomes de Barros, um dos maiores poetas, entre aqueles que aí tiveram espaço, contribuiu para a organização de um discurso narrativo que confirma a vertente épica que temos e nem imaginávamos de tamanha importância! Seus textos, quer na descrição das batalhas, na recriação dos combates, na conservação do léxico, no ritmo e propriedade narrativa dizem o quanto ele nos ofereceu, como procurei mostrar em meu estudo *Cavalaria em Cordel* (2 ed., São Paulo, Edusp, 2016).

Um dos mais significativos, *A Batalha de Oliveiros com Ferrabrás*, editado muitas vezes, revela a competência, e mais, a potência de um poeta que consegue transitar por vários domínios. Nele impressiona a passagem pelos mais diversos temas, o registro paródico que imprime aos seus textos e como se contrapõe, de modo dialógico, à dimensão épica.

Diríamos também que nos apontados temas de misoginia, da mulher sob ataque e defesa, como foi muito comum nas literaturas ibéricas do século XVI, ele compara o corpo da mulher a cofres que guardam armas de destruição, gavetas de ira no peito e coisas assim. Ao combater, com realismo, os efeitos do dia a dia, como se sabe, dirige ao casamento e à sogra os seus petardos, toda a ironia.

E tem mais. Acho que ele é o caso do poeta que representa esta tensão permanente entre o "real" e o "ideal", e como no *Quixote* ou no *Tirant lo Blanc* de Joannot Martorell, cumpre no conjunto de seus textos a ideia de dialogismo.

Tudo isto é bem conhecido pelos estudiosos de nossas culturas populares. No entanto, uma questão nos fica. Não seria importante aqui quebrar as fronteiras de campos literários rígidos que condenam ao anonimato criadores como Leandro? Que tratam tudo como textos da tradição e do folclore?

Não seria a hora de estudiosos, universitários, autores de histórias da literatura brasileira, incluírem em seus repertórios um poeta desta grandeza?

Sabemos que no mundo inteiro a questão é problemática, na medida em que se consideram as "belas-letras" distantes de uma literatura tosca e produzida por alguém que não pertence aos circuitos dominantes, e que está mais diretamente ligada às malhas do coletivo, devendo pertencer portanto a uma espécie de lastro comum e ao que se chama Folclore. Sem perceber as relações dinâmicas entre a tradição e o criador individual. Rígidos cânones foram organizando os sistemas literários. Mas nós brasileiros que temos uma presença tão forte desses registros diversos de criação poética, avançando por vários territórios nobilitados, não deveríamos pensar em Leandro Gomes de Barros como um poeta pertencente ao nosso complexo de arte e criação? Incluí-lo em nossas histórias da literatura? Daquelas que venham a ser construídas, evitando repetir perspectivas de omissão?

Ao organizar o *Dicionário Literário da Paraíba*, tentou a pesquisadora Idelette Muzart Fonseca dos Santos criar uma atitude nesta direção, e eu própria escrevi um verbete sobre o delicado poeta Natanael de Lima. Não se pensa aqui em propor novos cânones, ao contrário, mas abrir nossa consideração para as mais diversas poéticas, em movimento permanente.

Ao que parece, em nosso meio, poucos souberam se posicionar, porém Manoel Bandeira percebeu com clareza esta dimensão, ao dizer que poeta não era (tópico de modéstia) e sim os nossos poetas e improvisadores, em sua sonoridade e naquela matemática da memória que mensura com perfeição e apuro:

> Saí dali convencido que não sou poeta não;
> Que poeta é quem inventa em boa improvisação
> Como faz Dimas Batista e Otacílio, seu irmão[1].

---

1. Manuel Bandeira, *Poesias Reunidas Estrela da Vida Inteira*, Rio de Janeiro, Livraria José Olympio, 1976.

Está por inscrever na história de uma poesia brasileira um grande capítulo que possa incluir aquela que sobressai do conjunto da poesia oral, popular, impressa em folhetos descartáveis, dita, recitada ou guardada na memória e que, considerando poetas como Leandro, tenha a capacidade de abrir-se para outros universos da criação, e o dom de tornar as almas mais espertas e despertas, quem sabe!

4

Páginas de uma Poética do Oral

Ao longo de muitos anos de trabalho com a poesia popular, seu modo de ser, seus antecedentes, marcas de "gêneros" e situações de transformação, como é o caso do romanceiro ibérico entre nós[1] ou do romance de cavalaria, estudei e convivi com uma grande quantidade de poetas e criadores. Fui a campo no Nordeste e em São Paulo, nos bares do Brás e da rua Augusta, aprendi sobre a riqueza desse nosso acervo, em constante adaptação.

Fui encontrando aqueles que formaram o quadro da literatura conhecida como de cordel, texto nosso, mestiço, grande painel da vida popular, dos imaginários e das poéticas do mito que os comportam. E também uma espécie de jornalismo popular, vai-se inscrevendo na história no dia a dia dos sucedidos, e dos acontecimentos imediatos. Sábia fusão.

---

1. Domínio desenvolvido na Bahia por Doralice Fernandes Alcoforado e Maria del Rosario Suarez Albán.

130 ⮵ JERUSA PIRES FERREIRA

Segue-se a malha da tradição e da transmissão oral, do texto escrito oral/impresso que é o folheto, detentor de uma grande unidade, em suas diferenças, num período de pouco mais de um século de edição. No entanto, cada poeta se serve do composto coletivo e aí se coloca, enquanto estilo, força de dizer, poética que comporta um nome. É um equívoco pensar que é tudo a mesma coisa, e que o texto oral ou oral/impresso é sempre anônimo.

Cada um merece perfil, sua história. Dentre os mais apreciados por mim, ao lado de Delarme Monteiro da Silva está Natanael de Lima, da Paraíba, que elabora com requinte de temática e versificação uma série de folhetos que vão do pessoal ao mítico, incluindo o tema do demônio logrado[2].

Não poderia deixar de homenagear o poeta popular, xilógrafo pernambucano J. Barros, autor de textos graciosos, memoráveis, a exemplo de *Lampião e Maria Bonita no Paraizo do Édem, Tentados por Satanás*, nos versos e na gravura famosa, tendo no caju nordestino o fruto proibido e da perdição. Conhecendo a tradição, as modalidades de dizer, contar e cantar, consegue lidar, no entanto, e muitas vezes, com elas de modo irônico. Uma recolha de suas reflexões sobre poesia receberia, de sua parte, o título *Mistura Grossa*.

---

2. Cf. José Alves Sobrinho e Atíla de Almeida, *Dicionário Biobibliográfico dos Repentistas e Poetas de Bancada*, João Pessoa, Editora Universitária, CCT, Campina Grande, 1978. Cf. ainda Jerusa Pires Ferreiras, *Fausto no Horizonte*, São Paulo, Hucitec/Educ, 1995.

Na Bahia, um dos mais perfeitos narradores de histórias de encantamento, xilógrafo e autor de cantos religiosos, Minelvino Francisco da Silva, nascido em Jacobina e residente em Itabuna, nos oferece um importante legado e nos espanta com sua mestria ao lidar com as estórias de encantamento, com o conto que se perde na noite dos tempos.

Estes são apenas exemplos isolados que fazem parte de um grande texto em aberto. Por isso, tenho pensando em como foi pioneiro Câmara Cascudo, ao propor para a editora José Olympio, em 1952, sua *História da Literatura Brasileira (Oral)*, consciente da importância de uma história desta poesia e sua inclusão no delimitado campo do literário.

Não se trata aqui de referir a comemorações esporádicas ou a eventos de efeito como a postulação (aliás nesse sentido legítima) de Raimundo Santa Helena para a Academia Brasileira de Letras ou as efemérides constantes em torno do poeta Patativa do Assaré.

Recentemente, a respeito do centenário de Leandro Gomes de Barros, escrevi um pequeno artigo para o jornal *Diário de Pernambuco*, no qual volto a insistir:

Não seria a hora de estudiosos, universitários, autores de histórias da literatura brasileira, incluírem em seus repertórios um poeta desta grandeza?

Título	*Leituras Imediatas*
Autora	Jerusa Pires Ferreira
Editor	Plinio Martins Filho
Produção editorial	Aline Sato
Capa	Gustavo Piqueira / Casa Rex
Editoração eletrônica	Camyle Cosentino
Revisão	Adriano C. A. e Sousa
	Plinio Martins Filho
Formato	13 x 20 cm
Tipologia	Sabon Lt Std
Papel	Cartão Supremo 250 g/m² (capa)
	Chambril Avena 80 g/m² (miolo)
Número de páginas	136
Impressão e acabamento	Rettec